人生の苦しさについて

曽野綾子

青志社

人生の苦しさについて

曽野綾子

青志社

人生の苦しさについて

目次

第一章　すべては、正視することから解決が始まる……15

第二章　人生とは、理解され、誤解されること……47

第三章　不運によって成長しなければ生きる意味がない

第四章　自分の値打ちは自分で見つける……105

第五章　この世は、ほんの旅路にすぎない……137

第六章　生きて、後生に繫《つな》ぐ……165

第七章　受け身ではなく、能動的に生きた……193

装丁・本文デザイン　岩瀬聡

第一章

すべては、正視することから解決が始まる

❖人生の終わりの前に話したい

人生を終えるのも、もう後ほんの少しとなって来ると、誰でも考えることかもしれないが、自分の一生は果たしてこれで良かったのだろうか、という疑いが、時々心に浮かぶようだ。そんな迷いなど、若い時は口にするのも恥ずかしくて友だちにも言わなかったものだが、さすがに残り時間も僅かになってくると、そんなことを気にしてもいられなくなるのだろう。とにかく後数年で死ぬ前に、一応答えを出しておかねばならないのだ。

いろいろ考えて、たいていの人が、どうやら自分を納得させるだけの答えらしいものを見つけ出す。どうやって納得するかというと、つまり謙虚になるのである。自分が操作可能な程度の頭や体力だったら、つまりはこの程度の働きをするのがやっとだった。

自分はそれに従ったのであって、その意味で言えば、オリンピック選手が世界新記録を立てて引退したようなものだ、と思いかけるのである。

❖私たちが苦しむのは、何の理由からなのだろう

私たちの一生はひとと共に始まる。子のない人間はいくらでもいるが、親のない人間はいない。狼少年のような特殊な例は別として、人間とふれ合わずに大きくなる人間はいない。私たちは、無限に、人間によって救われ、人間によって育てられ、人間を傷つけて生きている。

私たちが苦しむのは、何の理由だろう。もしも、私が、生まれた時以来、ずっと森の中で一人で生きてきたのなら、私は恐らく、裏切りや、憎しみという言葉を知らずに済んだであろう。その代わり、愛や、慕わしさ、という表現も知らなかったろう。飢え、寒さ、疲労、眠さ、恐怖など、動物と同じ程度の感情は分け持てても、人間しか持ち得ない情緒とは、無縁で暮らさねばならなかったと思う。

世界とは、まさに人間のことなのである。原爆で人間が死に絶えた地上には、地表はあるが世界はない。そういう光景を「死の世界」などと言うが、そこには本当は死さえないのである。死とは生を持つ人間だけが認識する変化である。

それなのに、と言うべきか、それだから、と言うべきか、人間は常に、人間のことで、喜んだり悲しんだりしてきたのだった。このからくりは、いかなる政治体制になっても、恐らく変わることはないのである。政治も経済も、総《すべ》ては人間の集団を、いかなる方向に持って行くか、ということだけである。

心理学的に、そしてまた、抽象的に、私の全世界を占めていると言ってさしつかえない人間を、いかに把握するか、ということが、実はこの世で、最も重大な作業なのだ、と私は考えている。

❖持っているものを生きているうちに好きに使う

最近の日本のように地震やゲリラ豪雨に見舞われると、土地や田畑も流され、完成した自宅も流されてしまうこともあり得ることだ。いつも言うことだが「安心して暮らせる人生」というのはまったくないのに、いい年をした大人も年寄りも最近では「安心して暮らせる生活を保障しろ」と政府に向かって言う有り様である。しかし、それはどんな政権でも果たし得ないことであろう。だから、持っているものを自分の生きているうちに自分の好きなように配分して、その用途を決めていくというのは悪いことではない。

❖生き抜くことは、本来、後ろめたさが伴う

現代人は、本来、生きていられることが人間の第一条件なのに、最近ではその基本線を忘れている。我が家に集まる若い世代は、薄っぺらいくせに冬用だというカーディガンをつまみながら「これはユニクロで買っていくらだ」などと安さを自慢し合っている。彼らはユニクロのおかげで生きている新しい人類「ユニクロ人」なのだ。

もはや生きていられるということは、「バンザイ」を叫ぶことでもなく、お互いに安堵の胸を撫で下ろすことでもなくなっている。彼らはどうやら生き延びることにドラマ

も達成感も見出さなくなっている。

思えば、現代の若者たちが「生きる権利」などということを平気で口にするようになった時以来、人類は基本的な大きな感動の理由を見失ったのである。実は生きる権利などというものは、そうそう道端に転がっているものではない。生きていられたら、万々歳なのだ。古来人間は、自分が生きるためには、他人の生存を侵しても仕方がない、とどこかで納得していたはずなのだ。つまり生き抜くことは、後ろめたいことでもあったのだ。しかしそれがどこかで狂って来た。自分も生き、他人も生きる、皆仲良く……。それが可能になった、とどこかで信じ込んだのだ。

❖いろんな人の死から学ぶ

志村けんさんがコロナで亡くなったときはびっくりした。夫（二〇一七年に死去した、作家の三浦朱門氏）ともども、志村さんの大ファンだったから。私が部屋で原稿を書いていると、夫が「おーい、ドリフターズだぞ！」と呼ぶのである。そのときだけは原稿を後廻しにして『8時だョ！全員集合』を見ながら大笑いしたものだ。

志村さんが亡くなったことで、よりコロナへの恐怖心を募らせた方もいるかもしれない。ただ、私はこう考えている。志村さんは生きている間に誰にも真似できない、いいお仕事をなさって、死ぬときにも時代を映した亡くなり方をなさった。人間は、あらゆる方の死から学べばいい。

私の母は亡くなったときに〝献眼〟をした。我が家では死後のことを平気で話していたが、母は〝使えるものは、使ったらいい〟という考えで、私もそれに同感だった。

三十七年前に母が自宅で亡くなったのは午前二時頃だったが、登録していたアイバンクの連絡先に電話すると、すぐに小型の冷蔵庫を持った方がいらしてくれた。眼球を摘出する処置は十分ほどで終わり、母の目には義眼が入れられた。〝あの世に行って目が見えなかったらかわいそう〟と案じる人もいたけど、私たち家族の心は晴れやかだった。献眼したことで、どこかで二人の方が光を得たわけだから、偉大なことをしたと思っている。もし生前に家族が知らないような悪いことをしていても、母は地獄には行かないであろう。

そうした母の行いも含め、命は繋いでいくものだと感じている。
老いた者は退き、若者がそれを継いで生きていく。

❖世間に同調しながら生きる姿は、美しくない

毎朝決まって五時に目覚め、仕事がないときは、本を読んだり、テレビを観たり、猫の世話をしたり。

三年前に夫の三浦朱門が亡くなってから、猫二匹と秘書、二十年近く一緒にいる住み込みの女性と、東京で暮らしているが、コロナで生活が変わったことは、ひとつもない。

膠原病とは長い付き合いで、ドクターから「紫外線は大敵。なるべく外に出ないでください」と日頃から言われている。だから家にいるのは、いまに始まった話ではないのである。（略）

夫がいま生きていたとしても、「コロナだから外出するな」とは決して言わなかっただろう。

「人間にはひとりひとりに義務がある」と常々口にしていたから。仮にペストが蔓延していたとしても〝本当に必要とあらば、その地へ行け〟という考えだった。

私もアフリカの難民キャンプをはじめとして、たとえ周囲から危険な場所だと言われようが、折々にその地を訪れてきた。それに、日本では危険だ危険だと騒がれている場所でも、実際に行ってみると予想とまったく違っていたりするものである。難民キャンプにしても、日本の医療関係者が常駐していて、清潔な環境が保たれていた。

そこで感染症がはやったら、一気に蔓延してしまう。その怖さをわかっているからこそ、備えているわけである。

私は常々、世の中にはそれほどひどいこともなければ、安全が保証されているようなこともないと考えている。先はどうなるかわからない。

わからないことに不安を感じるが、自分には知らないこと、わからないことがたくさんあると思いながら生きている。

たとえコロナウイルスがなかったとしても、今日、何かに巻き込まれて死ぬことがないとも限らない。人生ってそんなものだ。

高齢者は重症化しやすいから外出を控えた方がいい、という声を聞く。でもその声に私は従っていない。必要だと思えば、出歩いたっていいのである。

それをとがめる「自粛自警団」は、やりたくてやっているのだから、圧力に屈しなくていい。彼らは決してあなたの身を案じて意見しているわけではない、それに心地良さを感じるからしているに過ぎない。

三浦が亡くなった直後にも同じようなことがあった。

看取った五日後に、私はオペラに出かけた。「なんて不謹慎な」と眉をひそめる人がいるかもしれないが、三浦は「きみがオペラに行くのをやめたってぼくが生き返るわけじゃない」と言うような人だった。

三浦が亡くなった後も〝LIFE MUST GO ON〟、それでも人生は続くのである。これはコロナのことでも同じだと思う。

「新しい生活様式」と盛んに言われるが、人の目を気にして、自分の生活を無理矢理変えることは、「同調」だ。

世間と同調しながら生きる姿は、美しくない。

「美しさ」とは、私の中にある選択が生きている場合である。

＊

昔は庶民にも美学があった。自分が慈悲の心を持たないのは恥ずかしい。少なくとも他人にそういう事実を知られたくない、くらいの見栄はあったのである。しかし今は誰もが、何の縁もない他人や嫌いな身内は助けなくていい、と考える冷酷さを持っても、それが自然だと考える。

個人が全面的に他人を助ける義務はない、というのは、確かに一つの、法律的な考え方だ。

いや法にも、慈悲や情の要素はれっきとして含まれているのだが。それ以前に徳の一部として義務があるかどうかを議論しているだけで、人間の時間は過ぎてしまう。

私たちの人生の持ち時間は、そんなに長くはない。それで迂遠な議論は誰もしなくなった。

❖死への道程は徐々に起きている

人間は、ある日突然死ぬように思っているが、高齢になった私の実感では、死への道程は非常に早くから起こっているのである。何歳ぐらいからかと言われると困るのだが、私の場合はもしかすると六十ぐらいからその実感があったように思う。体の内部で、ある種の崩壊か変質が起こっているように感じたのである。私は五十歳の時に目の手術を受けて、それまで生まれつきに強度の近視だった目が、突如として人並みの視力を得るようになった。それで私は自分が健康であると思い、また新たな境地に進めるような気さえしたのである。事実、私は五十三歳の時にサハラ砂漠を縦断したし、三十代の終わりから始めていた土木の勉強も止めなかった。

さらに、五十代にアフリカに度度《たびたび》行くようになって、そしてあの広大な大陸を理解したとは言えないが、少なくとも日本人の感覚とはどれほど大きく違うかを実感し得るようになった。つまり私はまだ新しい境地を開拓できると信じたのである。

しかし、新しい細胞の生成は同時に別の細胞の死亡も意味していたのかと思う。まだその段階では、私は足に骨折をしたほかは、体の行動に限度を感じることはなかった。しかし次第に「できること」と「できないこと」が起き始めたのである。行動に限度を感じると、「単純に暮らしたい」と思うようになる。前回からしきりに述べている「精神世界と物質的な日常の整理」に私が向かったのは、たぶんそうした事情だったろうと思う。

❖過度の小心さは自分を制約する

私が疲れる一つの原因は、「平和」という言葉が乱発されていたからでもある。平和がいいということは、人間の暮らしの基本である。戦争を生きた世代は、言われなくても肌でそのことを知っている。3・11の福島で、家や家族を失った人たちと同じように、戦争中、私たちの母の世代は、大切な夫や息子を死なせ、家を焼かれ、財産のほとんどが紙っ切れになった。それを救う制度はどこにもなかった。実に残酷さにおいては、現代と比較できないほどの苛酷な時代であった。

反戦を声高に言う人たちは、自分たちだけが平和主義者だと思っている。しかし日本人のほとんど（異常な犯罪傾向にある人以外）は、皆それぞれに平和主義者なのだ。焼きとりを売るおじさんも、小学校の先生も、喫茶店の店員も、主婦も、漁船の船員も、あらゆる人が、穏やかな人生、平穏な暮らしを求めているという点で、れっきとした平和主義者である。

しかし評論家として名前を売るためにも、テレビタレントとして重く用いられるためにも、時には当世第一の女優として認められるためにも、とにかく人道主義や平和主義を、かなりまともに、正面から打ち出さねばならない、というのが最近の傾向らしいのである。

これは一種の打算的処世術に過ぎないのだが、私は権威主義の臭気に弱いので、こうした人々が増えると、花粉症のようにくしゃみが出て仕方がない。

最近の人々の小心なことも、疲労の原因になっていることがある。私は極く最近までアフリカに行っているが、「いっしょに行きましょう」と言っても、「行く」という人は例外になった。もちろん費用がかかることは一つの問題だが、私は「金がない」という人とは親友になる。だが「アフリカって危険じゃない？」という人とは、どうしても肌が合わない。そこに人が住んでいるということは、その土地が、基本的には人の住める土地だということだ。

しかし感染症、毎日の食事に関わる不潔、気候の悪さ、テロ、誘拐、交通事情の悪さ、などを恐れていたら、人はどこへも行けない。

もちろん私も人並みな小心者だから、二〇〇二年には平気で入った現在のＩＳＩＳの支配地域に、今だったら決して行かない。もう妊娠の可能性はないから、小頭児の生まれる率の高いウィールスを持つ蚊のいる土地へは行くだろうが、それはそもそも蚊は、刺されるのを防ぎようのある虫だからだ。この世で危険のない土地や状況というものはないのである。途上国には途上国の、アメリカの大都市には大都市の、独特の危険が満ち満ちている。しかし現代の人々は、若い娘も、若者も、いい年をした小父さん族も、小母さんたちはもちろん、何かあるとすぐ安全を気にして、「そこは危なくないですか？」と聞く。その過度の小心さも心理的疲労の原因になっている。

❖残りの人生が短くなると、迷いも少なくなる

私ぐらいの年齢（と言うなら、読者に年齢を明かさねばならないが）、つまり百歳に近い年になると、学問の才能や、その他の肩書、過去の業績が物を言う場合があることは知っていても、どこかで「しかしだけどなあ」という内心の声も聞こえるのである。

何でも人の言うことにイチャモンをつける年になってもいるせいでもあるのだが、現実的にはあまりにも長く世の中を見過ぎていると、「しかしなあ」とか「何か事情はあったんだろうなあ」とも思えるのである。

年齢を重ねると、迷いが少なくなる、という人もいる。私流にこの言葉に答えを当てはめると、第一の理由は残りの人生が短くなったからである。

つまり、どっちに転んでも大したことはないのだ、と思い始めたのである。

心のどこかで、まちがった判断をしていても、それはそれでご愛嬌か、などと考えているのかもしれない。本当は決してそんなことはない。鈍才より秀才の方がいいに決ま

っているし、どうせ死ぬんだから、晩年の日々は健康な方が周囲も助かる。

その人にとって大切なのは、この一刻なのだ。まず飢えておらず、病気でもなく、家族に苦しんでいる人もいない、という最低の条件は誰しもがほしいだろう。

人間は、誰もが或る環境の中で生きている。いい意味でも悪い意味でも、人それぞれに唯一無二の環境だ。だから自分ですべて引き受けるほかはない。病人が大金持ちでも、大金を払って誰かにその病気の苦労を担ってもらうということは不可能なのだ。

私は、自由な国日本に生まれて生活している。それだけでも幸運な人生である。世の中不公平だ、としきりに文句を言う人がいて、私も一部はその説に賛成だが、人間の生涯というものは、一人一人に贈られた特別の内容を持つものだと思うほかはない。

❖一日に一回、自分にけじめをつける

私はかなりいい加減なキリスト教徒だが、それでも一日一回、寝る前にお祈りをしている。そこで、「今日まで生かして頂いてありがとうございました。もし明日も生きて

いられたら、その時はよろしくお願いします」と言って、けじめをつける。誰であっても、明日の朝、間違いなく目を覚ます保証はない。だから、寝る前に一度、死を意識しながら心の中で帳面を閉じる。その気構えがないと、永遠にいまの生活が続くものだと勘違いしてしまう。

私は、政府の教育審議会で委員を務めていたときにも、〝義務教育から死を学ばせるべきだ〟と提言してきた。

人間は必ず最後に死ぬ。人生には持ち時間がある。目を逸らすことなく死を意識してこそ、生が輝く――。

そうしたことを子供たちに考えさせる〝死学〟が日本には必要だと感じている。ただ、死は縁起が悪く、できるだけ遠ざけたいと考える人が多いせいか、なかなか実現には至らない。また、最近は子どもたちに死を見せない傾向があるようだ。お祖母さんが亡くなっても孫に遺体と対面させないとか。本来であれば、死に顔を見せながら〝死〟について、きちんと説くべきだ。忌避するのではなく、常にメメント・モリ（死を想え）である。

コロナの感染拡大は、哲学的な思考を深める機会でもあると思う。この状況を、死を考え直すきっかけにするといいのだが。

死は赤ん坊が産まれた瞬間から終生、逃れられない人間の宿命である。私自身は幼稚園の頃から、〝臨終のときを思って祈りを捧げなさい〟と教えられてきた。人生について回る、死という問題を学ぶことは、生きる者の義務だと思うのだ。

❖悪くて当然と思っていると、人生は思いの外、いいことばかり

「現世はろくでもない所だ」と教えられたことのない子はかわいそうだ、と私は思っている。それでやる気を失うような子は、初めからだめなのだ。自分の体験が万人に通用すると思っているわけではないが、私がまだ自殺もせずに生きて来られたのは、幼い時に、早々と人生をろくでもない所だと信じたおかげだと私は思っている。

私の幼児期から青春にかけて、私の生活は少しも楽しくなかった。部分的に輝くような一瞬があったことも事実だが、戦争と少し歪《ゆが》んでいた家庭生活が、私に、現世を生き

ることは原則として少しも楽しいものではないのだ、ということを骨身にしみて覚えさせた。

しかしやがて戦争も国家的貧困も収まり、私は念願だったものを書く生活に逃避できるようになった。私は戦争中に、十三歳で工場労働を経験して（戦争のために動員されたのである）自分の性格なら工員も務まる、という自信に近いものも得ていた。私は一つことを長く続けてできるという便利な性格だったのである。

この一見鈍な素質は、小説を書くようになってからも、いい面に作用した。私は長い時間をかけて僅かずつ知識を積み上げて行くことや、毎日毎日丹念に変わりばえもしない作業を続けることを苦痛に思わなかった。むしろ一芸に達する方法はそれ以外にはない、とさえ考えられた。一つことを長くやれない人は、恐らく何をやってもだめだろうと今では思っている。

小説の世界は私に、人間にとって力になるものは、学歴などではないこともあからさまに見せつけてくれた。文学の世界には東大出もたくさんいるが、東大出だからいい小説を書くだろう、と思う者は恐らく一人もいないだろう。むしろ東大なんか出て、いい小説書けるの？　とマイナスの疑念を持たれるのが落ちである。私はおかげで、学歴信者にならずに済んだ。しかし悪いことに才能信者にはなった。才能は教育ではできない、これは天性のものだ、という一種の教育無力感を持つに至ったのである。

あれほど強く、現世はろくな所ではない、と思ったおかげで、私はその後、それよりははるかにましな世界を見た。すべてのものは比較の問題なのだ。私が拒絶的に冷たく考えていたよりもはるかに人の心は温かかった。ほとんどすべての人の中に驚くばかり多彩な才能が隠されていた。そして何よりも、悪いことばかり常に期待していると、運命は決してそのようにはならないのも皮肉だった。

悪くて当然と思っていると、人生は思いの外《ほか》、いいことばかりである。しかし社会は平和で安全で正しいのが普通、と信じこんでいると、あらゆることに、人は不用心になり、よくて当たり前と感謝の念すら持たないようになり、自分以外の考え方を持つ人を想定する能力にも欠けて来る。それだけでなく、少しの齟齬《そご》にすぐ腹を立て、失望しなければならない。私はそのような残酷な思いを若い人にさせたくはないので、現世はどんなに惨憺《さんたん》たるところかということを、むしろ徹底して教えたい、と思ってしまうのである。

❖日本の老人はもっと社会を正しく認識すべき

広大なアフリカ大陸には、痛みを止めてもらうという人間にとって基本的な救いさえ受けられない何億の人たちが暗闇の中で生きていることを感じた。私たちと彼らとの、その運命の差は理不尽であった。

アフリカには、しかし幸福な母と子がまたたくさんいる。アフリカの暮らしでは、子供が十人目の子供であろうと十二人目の子供であろうと、幸福の訪れのようにその誕生を待ちわびている父母が必ずいる。もう×人目の子供だから、本当は要らなかったのだ、と考える父母はいない。

しかし私の記憶の中で、その母たちは、たいてい前歯まで抜けていた。通常、娘たちは十六、七歳で結婚し、子供を生み続けるから、三十歳までに五、六人の母になっている。

そうした母たちは、ほとんど前歯までなくなっているのだ。妊娠中は、胎児のためにカルシュームをたくさん採らねばならない、という知識もない人はたくさんいるし、あっても、錠剤や食物でその目的を叶えられるような暮らしはできないのである。

歯科医どころか、歩いていける範囲に医療設備がまったくない人たちは、虫歯が痛むようになると、歯を抜くほかはない。歯を抜く人は、たいてい村長さんだ。彼は普通の人は持っていない錆《さ》びだらけのヤットコを持っていて、それで虫歯を引っこ抜く。治療はそれだけだ。しかしそれで膿むのを治せれば、少なくとも歯で命を落とさずに済む。

同じ人間に生まれてきて、私たちは、九十歳の老人が、まだ歯科の治療を自宅で受けられる。しかしアフリカの人たちはまだ、錆びたヤットコで歯を抜くだけだ。私が骨身に染みて、自分の幸運を感謝する気になっても当然だろう。

救急車が来てくれることを信じていられる国民が世界にどれだけいるか。救急車を呼ぶには、まず一般の社会に電話が普及していなければならない。そして地図と住所表記が完成していなければならない。ましてや救急車が無料だなどという国は、日本以外にいくつあるのか。そうしたことを正しく認識して老後を送るのも、日本の老人の一つの義務ではないか、と思うことがある。

❖甘やかされた老人になるものか

まあ、すべて当たり前のことだが、評価は個人差によるということだ。若くて体力もあるはずなのに働かない人もいれば、老人でも長年職人の仕事をして来た人は、普通の生活面では無能で老いて来ているように見えても、自分の専門職となると、何歳になってもまだ一人前以上にできる。私も同じだ。まだ書くことと、講演の時二時間立っていることだけは何でもない。おかしなものだが、「二時間立って列車で行ってください」と言われたら、私は「カンニンしてください」と言う。しかし講演だけは立っていても平気だ。時々立ったまま足がしびれることもあって情けないのだが、それは聴衆に隠して、机の下で足踏みをしていれば防げる。

しかし最近の老人の中には甘えの構造が目立つ場合も多い。当人が甘えている場合もあるが、社会が「人に優しい」などという薄気味悪い言葉で、高齢者を過剰に甘やかすのである。もっとも、どんなに甘やかされても、それでいい気になるとしたら、それは高齢者自身が愚かなのだ。人は生きている限り、自分で判断できるのが普通だ。

❖社会の一員である自我が、個性を発揮するには

日本の終身雇用制は、日本人の心理をよくとらえたいい面を持っているし、もし「いやなら出て行け」という態度しか持たぬ会社があったら、いい人間が集まりはしない。私は企業の倫理性など信用してはいないが、算盤の上からでも、今の企業は人間を大事にしなければやっていけない、ということは悪くない状態だと思っている。しかし「いやなら出ていけ」「いやだから出て行く」というお互いに捨身な姿勢は、人間関係の一つの原型なのだから、もっと、はっきりあってもいい、と心ひそかに思っている。

日本人の社会に、なぜ、この言葉がタブーのようになり出したか、ということに関連して、先日、私は心の中のもやもやを、或る外国通の方にきれいに整理して頂いた。私が常々考えていたことと、全く一致したので、爽やかな気分であった。

それは、日本には個の概念と、契約の概念が両方とも殆んどないに等しいからである。個というのは、個人の生きる姿勢である。社会がどうであろうと、習慣が何であろうと、世間の良識が何を指図しようと、厳然として、その人であり続けようとする強烈な本能姿勢である。

しかし、もちろん人間は、そのようにして、完全に自我を押し通すことはできない。そこで、人間は妥協して契約を結ぶのである。この場合の契約というのは単なる雇用契約と考えてはいけない。契約の真の精神は、人間としての自分のいる場所を、神も照覧あれ、と確認することである。それは決して百パーセント、自分の思い通りになる場所ではない。むしろいかに改善しても、百パーセント自分の思う通りの場所など、この世にあり得ないことを知っている人たちが、そこで自分の存在の一部で、そのルールに従います、という約束をする。つまり自発的に社会の中で自我を限定するのである。そして一たん、その契約をしたからには、それに従う。なぜならそうしなければ、この世は動かないし、一方で、強烈な個性をじっと秘かに持ち続けていれば、契約以外の場で（ということは職場や学校等の外で）それを行使することに腐心するから、それで精神のバランスがとれるのである。

契約を結ぶときにはよく注意して、いやなものなら、結ばないことである。日本にはその自由がある。うまそうな話につられて、その仕事を選び、結果が思い通りに行かないのは、相手が悪いからだと言って出て行く勇気もなく「闘争」などしていると、自我は全部相手に呑み込まれ、短い人生は確実にどんどん過ぎて行くことだけは確実である。

❖すべては、正視することから解決が始まる

死については、老いてからだけではなく、子供のうちから考えさせることが必要であると私は思う。

死の概念については二つある。子供が恐れる死は、死体、柩《ひつぎ》、焼場、お骨《こつ》、あるいはお化けといった表現をとっている。母の死顔を見た七歳の少年が、その日以来、母がお化けになって現れるのではないかと思い、夜中に手洗いに行けなくなったという例も知っている。

子供に死を、そのような概念から入らせることはあまりいいことではないかもしれない。

しかし、私はカトリックの学校に育ったから、生の意味と、死の意味は常に教えられた。幼稚園の時から、私たちは子供ながら臨終のために毎日祈った。「灰の水曜日」という祝日には、私たちは司祭の手によって額に灰を塗られ、塵に還るべき人間の生涯を考えるように言われた。

老いも死も願わしいことではないが、すべて願わしくないことを超えるには、それから、逃げていては決して解決がつかない。

解決は正視することから始まるのである。

「おばあさん！　お坐りなさい」と席を譲られてがっくりしたとか、自分と同い年の人が自動車事故にあうと、新聞に「老人、轢《ひ》き殺される」と書かれているのでいやになった、とかいう話をきくと、私は正直なところ、逆にびっくりする。そんなことはもう、とっくにわかっていたことではないか。十代からみたら、四十代はもう立派な、「じいさん、ばあさん」である。そんなことを言われて、なぜ、おたおたしなければならないのだろう。老いが不意に来たと思う人は用意が悪いのである。あるいは自分の体力や能力を過信していたのである。

すでに自分がそうなる以前から、そうなった時のことを考えるというのが、人間らしい操作である。他の高級な予想は私には立てにくいが、年をとるというくらいの予想なら、私にもどうにかできる。

この予想を立てるということ（当たるか当たらないかは別として）が、人間と動物を分ける根本的な能力の差であることを思えば、私はやはり前々から、老いにも、死にも、馴《な》れ親しむことのほうがいいように思うのである。

＊

おもしろいことに、人は自分に関係のあるすべてのことを知っていると思いがちだが、自分の生を終わる日というものさえまったく知らない。

いわゆる死病と言われるような重い病にかかっても、万に一つの偶然によって生き延びるかもしれない、と考えている。

❖好きなことを貫き、それが人の役に立てればこれ以上はない

人間は誰でも生きる目的を持たねばならない。その目標となる道を探るには、二つの手がかりから模索すべきなのだ。

一つはそのことに関心がある、ということ。関心がなければ、仕事は長く続かない。人間、好きでない道を長く歩くことはできないのだ。だから好きな道のない人は、それだけで、人生で成功する率が減ってしまう。

二つ目は、そのことが少しは社会に役立っているということだ。別に役立たないことには、一切の存在価値がない、というわけではない。しかし一人の人間の好きなことは、必ず数人の他人も好きなことが多い。

＊

昔は誰でも、職人として数年間の長い徒弟期間を経て一つの職業に専念し、その道の

プロになって一生を終わったものだった。

動機は何にせよ、プロとなればどんな時代にも生きられる。そういう人が最近はほんとうに少なくなったのは、辛い徒弟期間に耐える人がいなくなったからだという。辛抱する力の消失というか、日本の誇るべき職人が消失した時代を迎えたのだ。

私は自分が今までに半世紀以上、四百字詰め原稿用紙で少なく見積もって十五万枚、六千万字を書いた、とこの頃言うことにした。六千万字書けば、私ていどの文章は、誰でも書けるようになるだろう、と思うからだ。文学は同じものを書いているわけではないから、思想も感性も常に新しいものが要るのだが、とにかく書くという行為に関して、私は一人の職人として働いたのだ。

＊

私は完璧主義者ではないので、絶えず、仕事はやり残して、しまったなぁ、あそこやり残したなぁという思いをもっている。

だいたい完璧にやり切るなんて、人にできるものだろうか。いつだって不完全で当たり前ではないか。自分で完璧にできたと思うこと自体が、気味が悪い。人間という存在そのものが不完全なのだから。

それがわかっているから、怠け者でも多少は緊張しながら、仕事も雑事も自分でやる。人に頼らず、何とか少しでもやろうとする。

きっと倒れるまで、こうして生きるんだろうと思う。

第二章

人生とは、理解され、誤解されること

❖善いことのために使うお金は、出どころを選ばない

あるNGOに加わって長年働いていた人から聞いた話なのだが、時々なんの縁故もないのに巨額のお金を寄付してくれるという人がいるらしいのである。

善いことのために使うお金は、別に出どころを選ばない。昔、東京のどこかの区役所にヤクザがまとまった金を寄付しようとして、役所側がそれを断ったという事件があった。私は「それは差別であり、不公平であって是非とも受け取るべきだ」というエッセイを書いた覚えがある。聖書の中にも、「不正な金を正しく使え」という意味の箇所がある。紙幣《かね》には、その裏側に日銀を出てからどのような理由で誰の人の手に渡ったかという歴史は書かれていないから、自分の手元に来るまでの経過はわからないのだが、「実はたいていの金は汚れたものだ」と言う人さえいる。しかし、そんなことはどうで

もいい。自分の手に渡った時点から、自分の理想に近い金の使い方の流れに切り替えて、その流れに金を乗せてやればいいだけの話だと思う。

だから、善きことのために寄付されるお金の出どころなど本来は詮索する理由などまったくないのである。

❖老人に覚悟が足りない理由

人は倒れるまで自分のことは自分でやるのが原則だ、という覚悟がない年寄りが、今でもけっこういる。自分でできなければ、ほんとうは飢え死にしなければならないのが動物の運命なのだが、今の時代は組織がそれを助け、老人が楽に暮らせるようにしてくれる社会構造があるから、覚悟ができないのである。

私たちは今の時代に老人になれて幸せなのだ。ご飯を作りたくなければ、毎日駅前のマーケットでおかずを買える。宅配の食事はすぐ飽きるだろうけれど、それでもいざとなれば、飢えないだけでなく栄養も偏らないような食べ物を届けてくれる。

しかしそういう制度の存在が、私にいわせると曲者なのだ。人はいささか辛くても毎日、自分の食べるものを自分で考えて調達することが惚けない生き方に繋がる。

私は帯状疱疹にかかってまだ痛みの残っている時、続けて外国旅行に出た。遊びの旅なのだからいつもの通り一人ででかけた。

旅はささやかな緊張を強いられる。パスポート、飛行機のチケット、お金やクレジットカードなどを管理し、団体旅行なら普通の参加者並みの速度で行動できるようにする。夜中に添乗員を呼び起こすような迷惑をかけず、羊の群れの平凡な一匹になるのを目的とする。

八十歳でも九十歳でも、高齢者は一人で出歩かせることだ。家族もそれをさせた方がいい。旅の途中で死んでもいい年なのだ。

認知症を防ぐには、要は緊張が必要だということだ。多分、緊張が血圧を上げ、詰まりかけた私の脳の細胞に血を送ってくれる。もちろん緊張といっても、命の危険にさらされる難民のような「悪質な緊張」や、ＤＶに苦しむような毎日はよくないだろう。しかし高齢者だからと言って、労《いたわ》られ、人任せにして、お金の苦労も泥棒や火の用心もしなくていいということはない。

人間が生きるということは、普通の人がしなければならないことを最期までするという原則に従うことなのだ。

＊

社会とごく普通の関係（人間的、経済的、政治的、学問的など）を保っている老人で、失敗があると、急に、「私は老人だから」とか「老人に向かって何ということを言うか」とか言い出す人がいる。

老人であることを認めるならば、初めから普通の社会的な契約にもとづくような関係を持たないことである。賃金や報酬も低くあるのが当然だし、社会的に責任のある地位につくことも遠慮しなければならない。地位についたからには、失策があった時、「私は老人なのだから」と言い逃れをすることは許されない。これが辛ければ、食べ物を自ら、腹八分目にとどめておくように、仕事も半分くらいに重さを減らしておかねばならない。

死ぬことのできない永遠の命は最大の罰である。

＊

若者と比べて老人は抵抗力が弱いので、コロナを過剰に恐れ、考え方が保守的になるのも分かる。ただ、若者と比べて、これまでたっぷりと人生を謳歌したのも事実である。

いまコロナの危機を叫ぶ人たちはこう主張している。無症状の若者が出歩くことで、重症化リスクの高い高齢者にうつしてしまう。だから、不要不急の外出や県をまたいだ移動を自粛せよ、と。しかし、私は自分のような年寄りの命を絶対的に優先して、若い人たちの活動や人生を制限することには疑問を感じている。少なくとも、私自身はそれを望みはしない。高齢者はたとえコロナに感染しなかったとしても、残りの人生に限りがあることは間違いない。老いも若きも全ての命は平等であるという考え方はおかしいと思うのだ。

自らの死を意識すれば、生きることの意義が見えてくる。それぞれの生涯をきちんと生き切った上で、その意味を後世に繋いでいけばいいのである。

❖老い先が短くなっても、お金と物に執着する老人

老年になると、老い先も短いのだから、お金にもものにも執着が少なくなるものだと思う。今の私にははっきりとその兆候が見えるようになっている。もちろんお金も好きだし、きれいな陶器でご飯を食べることも楽しいのだが、それとても、多くは要らなくなった。出歩く体力がなくなったから、お金も昔ほどは必要でないのである。外出の機会が減ると、新しい服も買わないだけでなく、九年半財団に勤めていた時代に仕事上必要だったスーツさえ不要になった。それで着てくれるという人に全部あげてしまったら、洋服ダンスががらがらになった。この空間がまた極めて爽快なのである。

しかし認知症の老人は、ものに執着する。私の知人の老人はすぐに入れ歯を置き忘れる癖があった。今にして思えば、入れ歯がよく合っていなかったから、装着しているのが、不愉快だったのだろう。私が始終眼鏡を探し廻るようなものだ。或る時その人は、なくなった義歯は、前の道路の工事をしていた人が盗んだのだ、と言い張った。

さすがに家族はそんなことは信じなかった。
「おじいちゃん、他人の入れ歯なんて気持ちが悪くて、誰も盗みゃしないさ」
とその家の息子まで笑った。年寄りはそれが気に食わなかった。ちゃぶ台の上の食器をひっくり返し、言葉でも当たり散らした。

❖熟れた柿の実は自然に落ちて地面と合体する

最近では「年寄りになる以前に、死ななければならない人」は例外になった。私の父母も、夫も、夫の両親も、皆八十歳を過ぎてからの死である。

楽な死というものはこの世にないかもしれないが、彼らは一人一人どうやら乗り切れる範囲の病苦の元に息を引き取った。その理由は、長寿だったように私は思う。

長寿というものは、充分に熟れた果実の運命のように見える。枝を離れる時に抵抗がないのである。我が家にも樹齢百年は超している柿の木があるが、熟した柿が落ちる時には地面が呼んでいるように見える。だから柿の実も喜んで落ちる。そこには何ら抵抗がない。実が地面でつぶれている時、実と大地は合体するのを喜んでいるようにさえ見える。

だから私たちは、人間が皆長寿を生き、柿の実と大地との合体のように自然に死ぬことを望んでいる。

しかし現世は、必ずしも望み通りには行かない。人間社会のさまざまな機能が、人間に長寿といわれるものを全うさせない。

❖寿命は天に任せて、自分はせっせと健康的な生活をするだけ

私自身、長生きは必ずしも社会と自分にとっていいものではないとも思い始めていた。仮に思考が奪われた老後の自分を考えると、生き続けるのはそれほど望ましいものではなかったし、一人の老人が長生きすれば、確実にそれだけ若い世代に回すべき健康保険の費用を使うことにもなる。だからと言って「老人は早く死ぬべきだ」などと私は一度も思ったこともないし、発言したこともない。しかし自然の寿命を大切にして、自分

はそれ以上は望まないことにしたい、とは考えているのである。

何歳で死ぬのがいいか、ということは、実は誰にもわからない。寿命は神に任せて、自然に健康的な生活をすることにすれば、それがもっとも明るい生き方だろう。

夫は健康と体の機能保持のために、六十代には毎朝ランニングに凝っていた時代もあった。私の知人で、八十代でも毎日一万歩歩くことを目標にしている人もいる。しかし私は毎日一万歩も歩く時間がない。その上、私はスポーツ嫌いで、運動というものを終生しなかったのである。その代わり家の中で、こまめに体を動かすことはしなければならない、するべきだ、と今でも考えている。

自分勝手に健康診断に行かないことは、まことに楽であった。私は満六十四歳から七十三まで或る財団に勤めたのだが、そこでも「健康診断に行って下さい」と言われたにもかかわらずそれに従わなかった。私は無給の会長だったから、いわば身勝手ができたのである。その健康診断の費用は数万円もかかる高いもので、財団が払うのだが、私はすでに若くはなかった自分の立場を考えて、人のお金をそんなに使ってわざわざ「被曝する」必要はない、と考えたのである。

私の考え方が正しかったかどうかはわからないが、私の周囲には、インフルエンザ・ワクチンさえ自分で打つ医師がほとんどいなかった。「あんなもの、効きやしませんよ」とあからさまに言う人もいれば、ワクチンという異物を体に入れる方が毒だと言う人までいた。

❖人生とは、理解され、誤解されることだ

人間関係に苦しむのは、決して人を統率するような立場にいる人ばかりではない。小学生は受け持ちの教師との間に早くも理解されない苦しみを感じている。学校にいる間、友人というものは大きな存在だが、そこにはいつも誤解される悲しみがつきまとっている。失恋。姑嫁の間。労働組合の内部。隣近所の仲。それらをつなぐものは、多くの場合、理解ではなく、誤解である。

私は時々、不思議に思うのだが、世の中には、いい年をして（いい年というのは、いくつぐらいだと聞かれたら、私は一応、十五歳くらい、と答えようかと考えている）ま

だ、他人が自分を正しく理解してくれない、と言って嘆いている人がいるのである。或る人間が、他人を心の底まで正しく読みとれるなどということは、普通に考えてもあり得ないことなのに、それが、十五にもなっても、まだわからないのである。

十五どころではない。四十になってもわからないから、受け持ちの教師が、自分の子供の国語の成績に、四ではなく三をつけた、と言ってねじ込むような母親が出るのである。たまたま国語の話が出たから思い出したのだが、小説家で、学生時代、国語の点もよかったというのは、むしろ少ないのではないだろうか。文学が好きだと、学校で決められた通りの読み取り方をしないので、大てい成績は悪くなるものなのである。

他人が自分を理解しないことには、まず、馴れることだと私は考えている。それは悲しいことだが致し方ない。それでは自分が保《も》たない、と思う人は、さまざまなテクニックを用いて、自分を慰めるべきであろう。自分は、他人に簡単にわかられてしまうほど単純な人間ではない、と考えるのも一つの手である。これは一面本当で一面嘘である。大ていの人間は確かにかなり複雑だが、それは、他人にわからないのと同じように、自分にも意識されないのである。

人生とは、理解され、誤解されることだ。本能的に生にしがみつきながら、死に解決を求めようとすることだ。

＊

❖「善」と地続きの「悪」

私たちは、病気も、火事も、地震も、泥棒も、詐欺も、政変もない社会を望む。しかし果たしてそれでいいか、ということである。

昔、動物園の取材をしていた時、飼育されているライオンは長寿を保つことができない、ということを知った。ライオンには群の争い、餌を取る時の緊張感などが要る、というのである。しかし、動物園のライオンは何もしなくても、毎日一定の餌がほうり込まれる。

その頃、すでに見物の人間のほうが車輛に入り、放し飼いにされているライオンなどを見るようになっている動物園ができていた。人間が見物する車輌は、時々寝そべっているライオンにわざと突っかかって行く。

そうでもしなければ、毎日決まった餌を与えられるライオンには、全く刺激がなく、健康に悪いのだそうだ。

人間にも生きるのにいい刺激と、生きることを妨げるような要素の二つが身辺の周囲にあって、そのどちらも必要なものだという。

「悪の楽しさ」という言葉がある。人間は高度な精神性の構造を持っているから、自分がそもそも善だけを求め、善のみに属している、と真向から肯定するには無理がある。しかし大ていの人間は平凡に善なるものを、日々刻々求めている。善なるものを選んだという事実の背後には、悪なるものに多少の魅力を覚えつつ、しかしやはり善を選んだという自覚も要る。

その時初めて人間は、善と悪との間をたゆたいながら、遂には善の地点で立ち止まったという自覚と自信を得るのだろう。

❖どんなに辛くとも感謝を忘れない人々

　人間が人間としての尊厳を保って暮らして行くための要素は幾つもあるが、その一つに「与える」という行為がある。人間は成長が完了するまでは、もっぱら「もらう」生活をする。おっぱいをもらい、べんとうを作ってもらい、こづかいをもらって学校を出る。

　ところが社会人になると、彼らは「与える」生活を始めるのである。初めての月給をもらうと、それで、母親にプレゼントを買う、というのがこの頃の習慣らしいが、これは「只今から経済的にも精神的にも大人になりました」という象徴とすればよくわかる。青年はこの日以来、普通ならもっぱら与える側に廻るのである。会社で働くということは、間接的に社会に対して物を供給していく、つまり与える立場に廻ることである。個人の生活としても、彼はやがて結婚し、子供を生む。すると彼は父として、妻子に与えねばならないのである。

そのようにして、数十年間の壮年期を終わると、人々は今度は再び受ける生活に還る。孫に手をひいてもらったり、息子にこづかいをもらったり、嫁にご飯を作ってもらったりする。これは別に少しも屈辱的なことではない。彼らはもう充分に働いて来たのだし、老いは自然の成り行きであって罰ではないのである。

また、おむつを当てた寝たきりの老人になっていても、なお人間としての尊厳を失わない人がいる。それはどんなに辛くとも感謝を知っている人々である。なぜなら感謝というものは一見感謝する人が下の位置におり、感謝される人が上位にあってその恩恵を与えているように見えるが、本当は立場が逆なのである。なぜなら感謝するという行為は、感謝される相手に喜びを与えるから、力なく病んだ老人の方がまだれっきとして与える側にいるのである。

❖人並みで何が不満だ

性格として私は、普段から理詰めでむしろ屁理屈をこねる趣味さえあるように見えるだろうが、実はかなり徹底した運命論者である。十代の前半に大東亜戦争を体験し、何度も空襲で身に迫った危険も体験したから、自分さえ頑張れば世の中はうまく行くものだ、とは思えなくなった。

私は仕事柄、少し変わった運命に出会った人とも会うことがあり、その話を聞いてみると平凡な運命がいいか、怒濤の如き生涯を送ることがドラマチックですてきと判断すべきかさえわからなくなった。

人間は一般に、長寿を果たし穏やかに「畳の上で死にたい」という。確かにそれは「死者の始末」としては一番楽な結果だ。多くの人間が「人並みな運命」を希《ねが》っている。人並みなら文句を言わないから周囲が楽なのだ。

つまり世の中の多くのことは、「面倒が起きずに済めばめでたし、めでたし」なのである。

卑怯な私は他人に対しても「人並みなら、文句を言うことはないでしょう」という姿勢で接して来たし、自分にも「人並みなことをしてもらって何が不服だ」としばしば呟いて来たのである。

❖生きていてこそ、何でもできる

カトリック教会では、人間のあるべき姿と、そこからはずれた人間たち（自分を含めて）の扱い方の、双方を教えられた。私の心を救ったのは、人間は「まちがわない」ものではなく、むしろ「まちがえる」ことがあって当然の存在だという考え方を植えつけられたことだった。つまり理想と現実を混ぜこぜにする癖をつけなくて済んだのである。

ダメ人間を排除していたら、社会は成り立たない。そこで初めて、ダメ人間と思われる人にも、思わぬ任務が発生していることを発見する。秀才はもちろん社会のリーダーとして宝だが、そのリーダーの命令を現実に実現する多数の鈍才がいないことには、リーダーの存在意義もなくなる。

そうした社会の流れは、すべて「生きている人間」が実現する。どんな人も「生きている人間」である限り、大切な存在なのだ。

しかし誰でも青春時代に、死を考えることはある。病死することを含めて、自殺をすれば「楽になる」と思う瞬間もある。青春の生き方の背後には必ず死の想念がつきまとう。しかしそれはむしろ健全な過程なのだと私は今でも思っている。

改めて言うまでもないことだが、生と死は対立するようでいて実は観念の補完を実行している。

「何で戦争が悪いか」というと「平和でないから」という人がいる。しかし人間がいつも平和だけを希《ねが》っているか、というとそうでもない。

あらゆるスポーツは相手より勝ること、相手をうち負かすことを希っていて、平和が好きなはずの人間も、ことスポーツになると「勝て！」とか「負けて悔しい！」とか平気で口にする。

そうした感情の底におしなべてあるのが「生きている」ことである。「生きていること」は白い画布のようなものだ。「生きていてこそ」何でもできる。画布が白いからこそ「何でも描ける」。

そのすさまじい可能性を考えると「生きている」ことを拒否する戦争や自殺の罪深さがやっと見えてくるのかもしれない。

❖財産は「少々」でなければならない

願わくば、人生は静かな方がいい。ことに老年は日溜まりの中の静寂にいるような感じで暮らすのが最も仕合わせなのだから――これは私の趣味だろうが――。

少々の財産はあるが、複雑な人間関係はない状態が最も望ましいのだ。

今気楽に「少々の財産」と書いたのだが、財産は少々でなければならない。大量の財産があると、それを狙って来る人たちの争いに巻き込まれる。

古来あらゆる文学がそのことを示している。しかし少々という状態を保つのが又むずかしい。

人生はどちらかに傾きたがる。金持ちにはどんどん金が貯まり、貧乏は少し気を許すと加速する。

その両方共、極限は健康に悪い。

❖何事も捨て身になった時に、道は開ける

何事もそうだが、人間は捨て身になった時にしか道は開けない。保身の術しか考えていない間には、おもしろい生活は与えられない。精神を解放して真の自由を手に入れるためには、他人にかげ口をたたかれ、誤解されることも覚悟の上でやらねばならない。それが全体主義国家の場合などには、自分を解放して真の自分として生きることは、多くの場合不可能であり、やり通そうとすれば生命を落とすことにもなる。しかしそれでもなお、たくさんの人がそのようにして精神の生命を選んで肉体の生命を捨てた。

ありがたいことに、目下の日本ではそんな思いをしなくて済む。風の如く自由に、自分の生涯を設計できる。もちろんそれは、人生が思いのままになる、ということではない。人の一生は思いのままにならないことが原型なのだが、めいめいの目標を設定して、そちらの方向へ向かって歩き出す、という自由はあるのである。

ただ現実の生活を見ると、私たちの日常は受けなくていい束縛を受け、しなくてもい

いおせっかいを他人に与えていることが多い。

❖捨てるより捨てられる女になりたい

私は今までに二人の人から絶交を言い渡された。どちらも女性であった。私からそんなことを告げたことは一度もない。男から言われたこともない。多分男はそんな場合、さっさと遠のいて行くだけなのだ。女性の方が誠実とも言える。もう付き合わないと言われて私は当惑したが、その通りにした。二人とも理由を告げなかったのが不思議だった。喧嘩別れするくらいならはっきりと「あなたのこういうところが嫌いなのよ」と言えばいいのにと思ったが、二人共、日本人的な控えめな美徳を残していたのだろう。

私を嫌ったのは決して二人だけではないはずだ。他の多くの人は、黙って私を捨てたのだ。捨てられる立場というのは、優しく穏やかでいい、と私は考える。ことに捨てる女より捨てられる女になる方が私は好きだ。捨てられている間に時間が状況を変質させることを信じているのである。私を捨てた二人のうちの一人は、数年後に連絡を取ってくれた。私は何事もなかったかのように友好関係を復活した。絶交の理由はわからないままだったが、わからないままなことも現世にはたくさんあると私は思うようになっていた。

私がそれとなく絶交して避けようとした相手は、すべて男性であった。女性ではそれほど嫌う人がいなかったのは不思議である。やはり同性は、理解するのが簡単なのかもしれない。

❖覚悟も何もない自分に、何ができるというのだ

ケンカはしても、実の子供の家にいるのが、やはり一番自然なのである。そして息子にしても嫁にしても、ケンカはしても、多くの場合は親と同居をする覚悟はしているのである。覚悟などというといやいやなのを我慢しているようにも聞こえるが、決してそういう意味ばかりではない。大切なのはその覚悟である。評価せねばならぬのもその覚悟である。覚悟も何もない者に何ができるというのだろう。覚悟のない人々が時々やっ

て来て、無責任な甘い言葉を囁く。しかし老人といえども、賢くなる義務はある。「よその芝生は常に美しく見える」ということを忘れて欲しくはない。同居するならついのすみ家は、やはり子供のところだという大前提を今さら何を迷うのであろう。

第三章

不運によって成長しなければ生きる意味がない

❖いわれのない不運に出合うことで、人間は大きく成長する

いわれのない不運に出合うことで、人間は大きく成長することもある。老年に起きるさまざまの不幸は、まさに試練といっていい。年をとっても可能な限り自立し、苦しみにもちゃんと向き合えば、そこから何かが生まれるはずだ。

いくら愚痴ったって状況は変わらないのだから、そんなことに時間を費やすのはもったいない。一番いいのはわかり合える人と、面白がって笑い飛ばしてしまうことである。そのためにも老人こそ家にこもらず、出かけていくべきだ。自分が行けなくなったら、来てもらえばいい。

二年前、台所に七〜八人が座れる円形のテーブルを自分でデザインして作ってもらった。

以前は、リビングでそれなりに準備したものを楽しんでもらっていたが、テーブルができてからは、「ちょっと食べていかない？」と友人を台所に気軽に誘えるようになった。残りものやあり合わせのものを工夫した料理ばかりでも、みんな喜んでくれる。気の合う人と集まって食事をするのは、いくつになっても心が弾む。

すっきり生きたいなら、人に期待をしないこと。すべてを求めないこと。大事なのは日々の当たり前の積み重ねである。それに何かが欠けているのが人生なのである。

❖地球上はどこも人が死んだ場所で、それを学ぶのが教育だ

現代人は、不幸に直面することさえない。大阪教育大附属池田小学校に異常性格の男が押し入って児童数人を刺し殺した事件の後、学校が悪い思い出のある校舎では勉強できないだろうという奇妙な配慮で、校舎を〝廃校〟にし、六億円余りをかけて別の校舎を建てたことなど、最も非教育的措置の好例である。

地球上はどこも人が死んだ場所だ。その死者の上に私たちが生まれ、また私たちも死

んで行く。それを学ぶのも教育だ。

❖自分だけが不幸と思うとき

いつの頃からか知らないが、私は人間の一生に与えられたしあわせの量は誰も同じなのだ、という考えを持つようになっていた。これはもしかすると戦争中の食料の配給制度からでた幼稚な発想かも知れない。一週間分のお米を全部炊いてしまって、今日、おなか一ぱい満腹感を味わえば、あすからはずっと空腹でいなければならない、ということが、その当時子供心にもよくわかったからである。その代わり、少しずつ食べのばせば、絶望的な空腹感に苦しまずにすむ。

みみっちいたとえだが、人生の幸不幸の量も多分そんなようなものではないか。

しかし、私はごく稀に、そうでもなさそうな例にもぶつかるのだった。働きもののよくできた息子を自動車事故で失い、精薄の二男だけと引揚者寮にいる病気がちのお婆さんに会った時などは、私は誰かにその苛酷な運命を抗議したくてたまらなかった。

めったにないことだけれど、ここ数日の間に私はたて続けに何本かの身の上相談の電話を受けた。全部が全部見ず知らずの女性からであった。そしてまた、そのすべての人が「どう決心していいか、わからなくなったので、相談にのってもらいたいんです」と言うのであった。

＊

その語調には共通して二つの要素が含まれている。第一に、自分だけが悩んでいるという実感がその人々にはあるらしかった。第二に、自分が悩んでいれば他人はその聞き役になる義務があると、はっきり口に出しては言わないまでも、それに近い語調があった。実際そのうちの一人は、

「他の人は皆しあわせそうなのに、私だけが不幸なんです。夫に裏切られることの辛さは、失恋なんかと比べものにならないと思います」

と言い切った。彼女は不幸のエリートを自認しているとしか思えなかった。

あれは小学校六年生の時だった。母と私は、死ぬために熱海へ行った。こんな書き方

をすると、どうも滑稽である。芝居がかっているような気がする。死ぬ話をそんなに簡単に書くなんておかしい、と言われるに違いない。私自身もどうもしっくりしないのだが、とにかく嘘ではない。母は、自分の結婚生活に見切りをつけていて、一人娘の私を道連れに母子心中するつもりでいた。

当時、私の家は熱海の少し先の来宮《きのみや》の牡丹台《ぼたんだい》という所に、小さな温泉つきの家を持っていた。家へ着くと、母はいつもと違って雨戸も開けず「水だけ飲んでじっとしていれば、あまり苦しまずに死ねるのよ」と私に言った。この言葉は今思うと、きわめて非科学的である。第一水さえ飲んでいたら、私たちはかなり長い間生きてしまうだろうし、その間に、我々は捜し出されるだろうと思うのである。

ところで、私は少しも死にたくはなかった。私は少し泣き、哀願した。母は黙っていた。私は泣きじゃくりながら自分も寝床を敷いて横になり、たてつけの悪い雨戸からもれて来る強烈な日の光が、黄金の棒のように部屋にさし込むのを見ていた。外では、野生のウグイスがのびのびと鳴いていた。

私はその夜何も食べずに寝た。空腹の記憶はない。朝になると私は少し迷った。自分で七輪に火を起こして、御飯を炊こうかと思ったが、十二歳の少女の判断では、それをすることもはばかられた。

　私はもう一度母に哀願した。母は黙っていた。私は思い出して水だけ飲んだ。それから元気なうちに温泉にはいっておこうと思って、湯殿に行った。湯殿だけには雨戸はなく、私は眩しさに目を抑えた。この家の浴槽の中からは甘い熱海の海が見える。

　ふと浴室の中に私は何かの気配を感じた。私は境のドアを開けた。タイルの浴槽の底に、一匹の鼠が落ちて上がれないままに駆け回っている。鼠は恐怖で恐慌に陥っているのが様子でわかった。

　私はしばらくその小さな生物を見つめていた。それから理由のよくわからない狂暴な怒りにかられて、私は台所からほうきを持って来ると、その柄で鼠をたたき殺した。

　私が小動物を意識的に殺したのは、後にも先にもその時だけである。しいて言えば、それは、私がその時自分の置かれている窮地を他の動物におきかえてみて確かめようと思ったからかも知れない。

　三日目の朝だったかに、私はやっと母に、私たちが生きることを承認させた。しかしその間、私は一度でも他人に救いを求めようとは思わなかった。当時は一一〇番も、一一九番もなかったけれど、私が助けを求めに行く方法はいくらでもあったのだ。しかし私は、そういうことを考えつかなかった。生きるも死ぬも自分一人の決めることだと思っていた。それほど私は人を信じていなかったのか。

いや本当のところは、ずっと後になるまで、私はひとは皆、口に出さないまでも自殺未遂の経験があるのだ、と思いこんでいたのである。たいていの子供にそれがないと知って、私はむしろびっくりしたのである。自分だけにしか自分の運命を解決できないと思った私はひどい思い上がりであった。けれど「自分だけが不幸なんです」と言い張る女の人も、またある意味では思い上がりなのではないかと思う時がある。

❖一生に味わわなければならない不幸のノルマがあるならば

私には少女の頃から、ある迷信のようなものがあるのだった。それは「しあわせだと怖い」のである。

子供の頃、戦中戦後で食糧や衣類がすべて配給制度だった故か、私はいつの間にか、人間が一生に受ける不幸と幸福の量は、誰も同じに違いない、と思い始めてしまったのであった。

だから、私は幸福な瞬間にも、これは極めて、異常な、長続きのしない状態なのだぞ、と思う癖がついている。

半信半疑になり、手放しで喜ぶことをやめて、私は幸福の手持ちを卑怯にも少しでも食いのばそうとするのだ。

これを考えてみれば配給時代にお米を雑炊にして食いのばすのと同じやり方ではないか。そのかわり、不幸だという実感を持ったときには、苦しみながら、心の中でどこかその感情を歓待している節があった。

その程度の苦しみなら、むしろ十分に受けとめて、一生に味わわなければならない不幸の絶対量のノルマをできるだけ果たし、他の種類の不幸感を苦しまないで済めば、と希《ねが》うのだった。

❖運命の処遇にひがむ人は、本当は、自分がそれを選んだだけ

もし自分の受けた運命の処遇で僻《ひが》んでいる人がいたら、多分それは自分でその道を選んだだけなのだ。今の日本社会は寛大な眼で周囲を見ている。学歴ではなく、その人の才能を評価しようとしている。その方が自分や自社の利益になるからだ。

そういう気風を持つ国家も社会も、実は極めて少なそうである。私はそのような日本に住んでいられる幸福をしみじみ感じることがある。

❖魂は、外部の状況から作り出された、移ろいやすいもの

戦争、飢え、貧困、病気、と言ったものが悲惨であることはわかっているが、それだけが悲惨だ、と言ったら十分ではないだろう。

「魂は水になる必要はない。魂は水なのだ。われわれが自分の自我と信じこんでいるも

のは、海の波の形と同じくらい移ろいやすく、同じくらい自動的に外部の状況から作り出されたものだ」

と言ったフランスの哲学者、シモーヌ・ヴェイユは、たとえば工場で機械的に働く人々の苦しみを「社会的人格喪失の不幸」と呼んだ。もちろん総ての人々が工場労働をヴェイユと同じように苦痛だと思っているわけでもないだろう。時代も変わったし……。

折も折、私は或る大きな会社の社長さんの話を聞いてしまった。一日中決められた同じ作業を繰り返す工場労働者に苦しみがあるというのなら、その対比において、自由に創造力を存分に生かし切れる経営者としてのこの人の立場は、まさに幸福そのものであっていい筈のように見えた。

ところが、この方は、この十年以上も薬の力を借りなければ、全く眠れないというのである。実験してみたら、丸三日間、全く眠らなかった。三日目には辛くて薬を飲んだ。私もかつて前後八年くらいの間、やはり、自然に深くぐっすりと眠ったことはなかった。いつでも神経が張りつめていて、眠くてたまらないのに眠れない。神経の先端が、皮膚の表面につき出て来て、僅かな刺激が、すべてそれにじかにぶち当たるように感じられた。痛くて苦しくて、死んだ方がいいと思った日もあった。

私はその経営者にも、やはり悲惨さを感じた。お金にも、地位にも、仕事の規模にも、何一つとして不足はないように思われる立場にいる人が、やはりその立場のゆえに、惨《さん》憺《たん》たる生涯を送っている。

❖初めから設定を低くしておけば、わずかの救いでも幸運となる

私には何のいいこともなかった、と言う人もいるかもしれない。しかし、この世で、まったく何のいいこともなかったという人はまれなのである。

どのような境遇の中でも、心を開けば必ず何かしら感動することはある。それを丹念に拾い上げ、味わい、そして多くを望まなければ、これを味わっただけでまあ、生まれないよりはましだった、と思えるものである。

人は性格によって、引き算をするか、足し算をするか、それぞれの性癖があるらしい。

ある時、私の家に強盗が入ったことがあって、ナイフの切っ先を胸元から、三十セン

チぐらいの場所に突きつけられた時、私はわりと落ち着いていたのだった。それは、私の人間ができているからではなくて、私の物の考え方のパターンと関係があるのである。私は刃物を見た時、自分はすでに、もしかしたらもう殺されていたのだな、と一瞬考えたのであった。それはあらゆる意味で不法なことではあろうが、殺されてしまった以上仕方がない。ところが、現実の私は、まだ生きているのだし、もしかすると私は、生きられるチャンスがあるかもしれないのであった。私は、沖縄の戦争を取材した時、戦前の女学生たちが自決のための準備にいかに心を砕《くだ》いたかを知った。敵の手にかかって死ぬより自決すべきだというのが、当時の娘たちが教え込まれた考え方だったし、自殺をするなら、第四肋骨間を刺せば即死できるというので、少女たちは痩せ細った胸の上から、いつも肋骨《あばら》の数を数えて、万が一にもいざという時にまちがった所を刺さないように、訓練をくり返していたというのだった。

泥棒に胸を刺された場合、私は、凶器が骨にぶつかるのと、肉にささるのとそれぞれの確率は、ほぼ五十パーセントだなと考えたのであった。たとえ骨にぶつからなくても、ナイフが、第四肋骨に入って即死する確率は、さらに少なかった。そう考えてくると私は、意外と生きる確率のほうが多いのに、驚いたのであった。

　私がこの話をすると、私の親しい友だちの一人が、私の判断はまちがっているといさめてくれた。なぜなら、死んだ、と思ってみれば、それよりましだ、などというのは、卑怯な考え方で、私はその時、やはり、私の生命を理由もなく侵《おか》しにきた相手に、前向きの怒りを感じるべきだというのであった。

　それは確かにそのとおりであった。ただ私は、その時、そう考えるほうが楽だったのであろう。

　もし、穏やかな満ち足りた生活を当然と考える人であれば、強盗は、許しがたい異変である。私が、満ち足りた状態を常態と見る癖がついていたならば、そこから降って湧いた災難の点だけマイナスにしなければならないことに激怒したであろう。

　しかし、私はまず自分が死んだものと思ったのだった。私の出発点はいつもゼロから出発する。ゼロから見ればわずかな救いも、ないよりは遥かにましなのである。私のは、足し算の幸福であり、友人がさとしてくれたことは、引き算の不幸のように私は思う。どちらがいいとか悪いとかいうことではない。ただ、私のような計算の方法を使うと、一生に一度もよいことがなかったなどという人は、ありえないはずなのである。

❖自分をさらけ出せる人が、本当に強く、勇気のある人

世間には、さまざまな苦しみがあるが、その一つのタイプに、自分のことをやたらに隠したがる人がいて、いつでも、自身や家族、果ては遠い一族のことまで、病気であれ、貧しさであれ、性的な不始末であれ、ひた隠しにしなければならない、と恐れている。

およそこの世で起こり得ることは、自分と周辺にも同じように起きて当たり前だ、とはこういう人たちは思わない。何とかして他人の悪口の対象にならないために、マイナスの要素はすべて隠そうとする。

しかしそれは多分世間というものを見据えていないから、そうなるのだろう。同じような苦労は世間に転がっているはずだ。だからむしろ弱みをさらけ出すことで、ブリン氏のように一切の肩の荷を下ろすことができて自由になるのである。

防禦《ぎょ》的になるのは、世間にはまた、金持ちというだけで「何の苦労もない人だろう」

などという人もいるからだが、そういう人こそ、人生に対する理解が浅いことの証拠を示している。

自らを閉ざして孤独や閉塞《へいそく》感を味わう愚から遠ざかれば、まずストレスが減る。それだけでなく、紆余曲折を経ることで人生が味わい深い意味を持つことも知るのである。悲しみや挫折のない人生など、陰影のない絵画と同じで、平板で見るに耐えないものであるとも言える。

❖神に操られる瞬間

実に私たちが感動すべき物語や奇遇として、あとあとまで語り継がれるのは、小さな事故や不幸の時に、突然現れてくれる運命の担い手のような人々のことなのである。その役目を誰がいつどう果たすかは、事が起きる前には決して見ることができない。こういう成り行きを「アド・リブ」というのだが、アド・リブは「即興で」「思いつきで」というような意味で、人間が予期せずに取る行動の一つではあるが、その背後に神の存在や、人間の深い知恵の証を見ることも多いのである。

人間は一個の操り人形で、そこから人間は「神の木偶《でく》」だという表現が、私にはしっくり心に沁みる。人間は人間だけでは本当は何をしていいかわからない。何か起きた後、慌てて暴走してしまった人の行動が、別の人物を助けることもあるが、それなどまさに神の木偶として行動した結果の典型である。

もちろん私にも常に冷静な判断のもとに行動したい、という思いはあるが、過去をふり返ってみても決してそうはいかなかった。だから私が一生に少しいいことをしても、卑怯なことをしても、それは決して私の本質ではなかった、とこれは言い訳のような言葉になるが、私がいつも用意している科白《せりふ》なのである。

❖幸運より、不運はどっしりとした手応えを放つ

或る小説の中で、私は、何をやっても不運な男というのを書いた。彼は或る娘を好きになったとき、自分と結婚して自分の不運を共に分けもってくれないか、と言うのであ

る。娘は、うまい話を持って来られたのなら断るのも気が楽だ、しかし不運を共に担《にな》ってもらえるか、と言われると、いやだと言えなくなる、と言う話。これは本当に悪らつな殺し文句だと思って書いたのだが、「あなただから引っかかると思うだけで、普通の娘はそんなバカな運命を引き受けやしないわよ」とあっさり注意されてしまった。そういうものなのだろうか。私は「幸運は信じ難いが、不運はどっしりとした重い手応えを持つが故に常に真実である」と思おうとして来たのだ。

それにしても「前向き」にともなう保証しがたい不正確な部分を、学校の先生や親たちは、どのように処理して来られたのだろうか。私は「信じ難い故に、後ろ向きになる」のじゃつまらないから「信じ難いが故に、前向きになろうとしている」のだが。

❖自分にもわかりにくい本当の自分の姿を、どうして他人にわかることができよう

人間関係は、理解よりも、むしろ誤解の上に安定する。私は今まで、或る人について、何もよく知らない他人が《あの方は、ひどい人だそうですね》と言っているのによく出

あうことがある。安定する感情、というのは《どちらかにかたづける》ことなのだ。あの人は悪い人だ、あの女は感情的な、あの男はけちだ、あいつは頭がいい、というふうに定形を作ることである。悪人だけど心優しいところもあるとか、感情的で冷静だとか、けちだけど金の使い方は知っているとか、頭はいいけど賢くないという表現は、あまり喜ばれない。しかし通常、人間の絶対多数は、そのように屈折した複合形を持っているはずである。

自分にもわかりにくい自分の本当の姿を、どうして他人がわかることができよう。私が多少、人間を恐れるような気分を持ったのは、二つの意味においてしょっていたからである。私はそれを、対人恐怖症や、赤面恐怖症や、人とのつき合いがうまくいかないと感じて軽いノイローゼに悩む、あらゆる人に言うことができるように思う。第一に私は誤解されるのを恐れて他人と会うのを避けようとしたのである。今では私は、誰がどう言おうと、諦めようと思っている。幸いなことに、誤解というものは、誰の本質にも別に影響を与えない。

第二に、私は他人を正当に理解できないことを恐れたのである。私は小さい時から、他人にはどのように言うべきかに悩んでいた。私はどのような態度、どのような言葉遣いをしても、これで適当ということはないように思えた。三十代に不眠症になった時には、そのような傾向はもっとひどくなった。私は相手に無茶苦茶に誠実に正直になろうとして、口がきけなくなってしまった。

人間には限度があるのである。相手を理解していない、という自覚さえ持てば、多分その思いは、理解しているという安心よりまさるのである。

悲しみに満ちて、人間は恐らくこのような宿命的な人間関係に苦しみ続けるほかはない。それは、誰か、特別の個人の運命にだけ与えられた不運ではない。質の差こそあれ、その苦しみに悩まぬ人間はいないのである。

❖自分を知り、可能な限り正確に表す

どんなに社会状況が整備されても、この人間理解の不備に苦しむことだけはなくならないだろう、と言った。それならば、その、およそ改善を期待できないことのためには、

努力を放棄してしまっていいいか、ということになる。しかしそれがそうではないのである。

私は勝ち味のない戦いをすることがそれほど嫌いではない。達成できないとわかっていることに賭《か》けることも好きである。

なぜなら、「人間はいつかは必ず死ぬのだから」、「どうせ死んじまうのだから」と言うのなら、一切の人生の計画はやめればいいのである。人間はいつかは仕事の完成を見ずして死ぬようになっている。いわば人間は宿命的に、初めから勝ち味のない戦いをするように定められているのである。

私はこれから、多くの場合、自分の犯してきた失敗を例にとって、人と人との間のことを書こうと思う。私はもう充分に、愚かしいことをしでかしてきたし、今もまだし続けているから例にはこと欠かない。その目的とするところは、勝ち味はなくても、少しでも人間と人間とが理解の方向に向かって進むことである。

それには初歩的な二つの鍵がある、と私は思っている。

一つは、自分を知ること。

もう一つは、自分をできるだけ過不足なく表すこと、である。

❖見る方途を失った時、人は初めて観えるようになる

老人になって足が不自由になっても、眼のいい老人には、読書やテレビの楽しみがある。眼も使わなければ退化が早いだろうから、読書のために明るい電気スタンドを備え、虫眼鏡を用い、眼の訓練を続けるべきである。

読書やテレビほど、安上がりの上等な娯楽はない。

老人の耳の遠いことに対しても、世間は一般にあきらめがよすぎるようである。耳の遠い人は長生きするなどと言っているが、耳が悪いと、第一に家族や友人の話から取り残される。会話がとんちんかんになったり、同じことを何度も繰り返さねばならないので、周囲は自然会話をするのがめんどうくさくなってしまう。外界から入ってくる刺激が少なくなるので、当人の話題も少なくなるのである。私の知り合いの老人で、まわりの者と話ができない、といって嘆く人がいたが、彼女にとって、いつのまにか話とは、

誰かが、彼女にだけ話しかけてくれるという形を指すようになっている。会話とは加わるものであり、非常に多くの場合、自分はしゃべらずに、人の言うことを片耳で聞き流しているものでもある。聞くことはしゃべる以上に大切である。聞く能力を失うことは、大いに用心しなければならない。

耳が聞こえないことは、決してその人の知性が劣って来たことではない。しかし、会議とか、交渉とか、細かい音声が聞こえないとすばやく反応できない場には向かなくなったのである。だから、そのような任務にしがみつくべきではない。

しかし耳が遠いということは、その人が思考したり、書いたり、手作業をしたりすることには全く差し支えないであろう。だから、自分にとって得手《えて》の分野で働き、活動をすることを楽しみにすべきだろう。子供の時から近眼で人の顔が全く覚えられなかった私が、社交をしなくても済む作家になったように、その人に適《あ》った道というものはいつでもどこでも残されているのである。

補聴器や眼鏡には、乏しい予算でも、無理をしてお金を出すべきである。子供たちも、お菓子や座布団を贈るより、これらのものに心を配るといい。

また、もし視力に関する自信のない人であれば、若いうちから、目が見えなくなったときのために、自分で自分の繰り返して読みたい本をテープに吹きこんでおくのもおもしろい試みだと思う。

＊

視力を失った場合、私は生きていられたかどうかわからないと、今でも思う時がある。私は明らかに生きることより死を望む日が何日もあった。そして最近ではそのような危機を越えて来た方々に、私は何度か心ない質問をするようになった。

「眼がだめだとわかった時、どうなさいました？」

何人かが（その殆んどは男性だったが）明らかに、主治医のなおざりか技術不足が自分の眼をつぶした、と感じた時、その医師を殺すか、相手を殺して自分も一緒に死のうと思った、というのは、眼科独特の患者心理ではないかと思う。一人の方は、主治医もろとも爆死するつもりで、何とか爆薬を手に入れようと考えていた、と言う。そこにはもはやこの世の善悪はないのである。眼科の患者だけが、肉体が死なないままで、永遠の闇に生きながら埋められるという体験をするので、その閉じこめられた所には、もはやこの世の掟はない、というういたましさである。

しかし、多くの人々は、この図体の暗黒をのり越えて、魂の明るみに到達するという、信じがたい偉業を遂げている。

「何とか危機から脱出した、とお思いになるまで、どれだけおかかりになりました？」

とも私は質問した。

「三年、はかかりましょうね」

三年か！　その一刻一刻、一日一日が何と重いことか、私には想像がつく。しかし人間世界の多くの喜びも悲しみも、三年で変質することは、私たちがよく経験するところである。死別も三年経てば、その記憶が少しは薄れる。三年経った失恋は、痛みは残っていても血が噴き出るような傷口ではなくなっている。

いや、盲目になった人々は、三年間で、私たちが体験できない深い人生を観るようになる。つまり見る方途を失った時、人は初めて観るようになるのである。そのような不思議な操作がどうして行われるのか、その秘密を推測して行くことも私には厳粛で楽しい作業なのである。

❖良くも悪くも、人間は環境に依存して成長する

現在の日本人は、まずまず食べられるから不幸なのだ。その人が今日食べるものにも事欠くような状態なら、何か半端仕事でもしてお金を稼がねばならない、という切羽詰まった思いになり、その緊張も一つの救いになるのだが、今日の日本で普通に見る高齢者は、どうやら食べることはできる。雨の漏らない家もあって、死ぬまで住んでいける。

しかし、目的がない、という状態なのだ。この虚しさほど辛いものはない。退屈というものは、死ぬほど苦しいものだ、と言った人さえいた。

しかしそんな甘い人生を送らなかった人たちの記録も残っている。ナチスによって強制収容所に入れられた時代のユダヤ人たちの記録を読むと、あの中で生きるに値した時間などなかったように見える。それがどんなに厳しい環境だったかは、精神分析学者のヴィクトール・フランクルがその著書『夜と霧』の中でみごとに分析している。

＊

戦争で私たちはみんな貧しくなった。髪や衣服にシラミがたかったり、何人もの人が入るどろどろのお風呂に入ったりする体験をそのとき初めてした。戦争中はもんぺに代表される民間の労働着しか着られない。物がなかったというのと、あっても着るのは戦意高揚の空気に反するからしてはいけなかったという、二つの圧迫によって着ることはなかった。

私は戦争の終わり頃、上海に行っていた日本人からもらった華やかな木綿のワンピースを持っていたが、それを着る機会はまったくなくて、ただ空襲で焼くのはもったいないと思っていつも宝物のようにリュックサックにいれて持ち歩いていた。お砂糖のお菓子があってもたぶんそうしたろうと思う。

でも日本中みんなそうだったから、こんなもんだ、と思っていた。どうやら飢え死にはしないし、裸でもないのだから。

初めて髪にシラミがたかっているのを見つけたのは、頭が痒《かゆ》くて手袋をはめた手で引っかいたときに、網目の指先に動く小さな虫が付いているのでわかった。工場の作業台の仲間からもらってきたのだろうけど、それまで自分の髪にシラミが付くなんて思ったこともなかった。生きたシラミは洗えば落ちるのだが、髪の毛に産み付けられた卵がやっかいだった。でも東京に帰ったらお洒落な叔母がいて、髪にウエーブをつけるコテを持っていた。

そのコテで髪の毛に産み付けられた卵を全部やっつけてくれてホッとしたが、シラミがわいていることの惨めさをこうやって今でも覚えている。

でも私は最近になって思う。

どん底を知るという体験も一つの財産なのである。

今の人は贅沢をする財産ばかりを求めていて——それが当然だけど——マイナスの財産に対する評価などまったくないだろう。でも私たちの世代はその時代に負の財産家になっていた。

人生は思い通りになるものではないし、育ってきた境遇はそれぞれだ。いい環境も悪い生活もそれなりに教育的だった。

❖不運と断念を避けて通ると、人間としての完成を得ない

この世には不運ということがある。

また、断念ということをしなければならぬ時もある。ところが、これらのことも社会では認められにくい。

社会の側からは不運の結果をなくすようにし、断念しなくて済むように制度を作るべきなのだが、個人の側からは不運と断念を避けて通ってはならない。

なぜなら不運を認めることと、断念を承認することは、人間完成の上に不可欠のものだからである。不運を認めない人は、自分の人生を本当に手に入れられない。断念を承認しない人は、人生を完結させられない。本来の「言霊のさきはふ国」は、そのような意味を含んでいた筈ではなかったか、と私は思う。

政治家や社会が嘘をついても、私は一向にかまわないが、自分が自分に嘘をつくと、自分があまりにもみじめである。

人のためにいささかの損をできる人間になれ、と教えない教育では、社会は成り立って行かないだろうと思う。

＊

ごみ処理場、空港、鉄道、基地、原発、すべて誰かの犠牲がなくては済まないことだ。軍用の基地がなくても済む、と考える人がいたら、それは世界の常識に反しているし、平和に対しても無責任である。

自分も犠牲を払うことを納得し、犠牲を払った人には感謝してできるだけ厚く報い、しかも「人間には運の悪いこともある」と思う部分も容認できないと、社会はどうにも動かなくなる。

誰もが平等に向かって努力をするが、現世に完全な平等などあるわけがない。平等が完全に叶えられるものだと信じたりすると、自分も不幸になるし、社会も共倒れになる。

人は集団の幸福のために、生命を脅かされない程度の犠牲を払うことを容認して生きて来たはずなのだが、今では、この一言さえ怖くて言えなくなった。

戦争中の戦死者は、自らの犠牲を納得した人も納得していなかった人も、おしなべて死に追いやられるものだった。しかし本来犠牲を払うとは、自分で納得して行動するものだから、戦争中の追いやられた死と、自らが社会の犠牲になることを納得することとは全く違う。

できれば損なことを選べるだけの精神の余力、魂の高貴さを持ちたい、などと言っても、今の人たちには何のことか、わけがわからないだろう。そこが怖い。

❖妻たちの根強い怨みの感情

この頃折りにふれて感じることは、ずっと家庭にいて、一見しあわせな結婚生活を送り、子供にも恵まれて、外目には「成功した」妻の生涯をまっとうしているように見える人たちの、根強い怨みの感情である。

たとえば、三人の子供を育てる、ということは、私のキリスト教的感覚によっても、神に充分に祝福されるであろうことはまちがいない大きな仕事なのだけれど、それはいわば、食べたり、歩いたりと同じように、人間の基本生活と同じレベルのものと見なされるのか、どうしても、そこに充足感を感じられない人もいるようである。三人育てながら、小学校の先生をして来た人がどこかにいるとすれば、先生としての仕事の分だけ、子供たちに尽くさなかったように思うのであろう。

社会と家庭生活とは、両方あってそれぞれを補うものと考える。

働くということは決して甘い気持ちではできないし、外に出ていれば、一人になって泣きたくなることもあるだろう。いわば、社会が苦いものだからこそ、家庭が甘く思えるのである。

家庭にいる妻を、三食昼寝つきなどと言って、楽な商売の代表のように言うが、こまごまとした仕事の連続と無刺激と一種の拘束状態が楽でいいものであるわけはない。もちろん中には性格的に、そういう引っこんだ生活が好きだという人もいるが、それは幸運な例外である。大多数の妻たちは、何かしら目的を見つけ出すほかはない。マーケットへ買い物に行くこと、デパート歩き、ＰＴＡの集まり、おけいこごと、友達とのお喋り。

しかしそれらは、多くの才能のある女性の能力を、生かし切っている状態ではない。人間には誰にも、強力な自己肯定という名の保身能力があるから、こんなにもいい夫、いい子供に恵まれ、しあわせな守られた一生を送って、文句の言えた義理ではない、と言い、心からそう思っている人は多い。しかし、意識下でも、彼女らが果たして、言葉通りに満足しているかどうか、私は疑わしいように思う。

第四章

自分の値打ちは自分で見つける

❖人間はみんな、悪だけでも善だけでもない

話すと間もなく、「あの方は××大臣のお姪御さんですって」とか、「あの方のご先祖は伯爵で麹町にお住まいだったのよ」というような話が先に出てくる人とは億劫で付き合えないのである。もっともそういう話は、出る前から匂いでわかる。すると私は、心理的に逃げ出すことを考えるのである。

よく「ふるいにかける」という言葉があるが、私は人をふるいにかけていたと同時に、自分もふるいにかけられていたのである。そのようにして「類は友を呼ぶ」と言うのだろうが、これは個性というものを示しているのであって、そのような操作自身は善でも悪でもないであろう。のっぴきならないのは友人関係ではなくて、姑と嫁とか自分と本家の関係とかであって、それは軽々に捨てることができないのかもしれない。しかしそ

れ以外の、後天的に、家族や血のつながりなく知り合った人に対しては、人は自然に選ばれもし、選んでいくことにもなる。

体力が衰え始めてから、私がしみじみとわかったのは、「あらゆる人は善なるものと悪なるものとの混合だ」ということであった。つまり、良いだけの人もなく悪の塊という性格もないのである。そのような人物がいると信じたり、そのような人が登場する小説を愛したり、そのような形で人を褒めたりけなしたりする人とは、私は付き合えなくなったのである。人間はみんな「程々のもの」であった。程々に悪くて、程々に良い人なのである。その程々を簡単に許される時に知人の中に個性というものの存在の場所ができてくる。個性そのものは、やはり善でも悪でもないのである。どんな人でも、その特性の使い方を間違えなければ、社会にとって大切な人なのである。

＊

人間はみんな、「ひび割れ茶碗」だ、という思いであった。私のような年のものは、ことにその思いが深い。私はまあ、今のところ、軽い膠原病が出ているだけで、これは直接的な死に繋がる病気ではないというのだが、現実に無理な生活をすると、死んでしまうような病気を持っている人はよくいる。

そうでなくても、どの家庭も、どこかに弱い人を抱えているものだ。一見まともなような家庭でも、お父さんが不眠症で深刻な精神状態だったり、お母さんの母親が徘徊《はいかい》老人だったり、息子が下宿先で火事を出したり、妹が交通事故に遭ったりしている。

人生はそういうことがあって普通なのだ。だから急な生活上の、ことに経済的変化は、出なくてもいい病人や死者を出すことになりかねない。壊れるまでは行っていなかった家庭が急に崩壊し、正常にみえた神経が突如ぶち切れたりする。だからどの家庭も家族も、多かれ少なかれ、「ひび割れ茶碗」なのだ。それでもまだ水は漏っていない。しかし卓上に置く時、少しそっとしてやる方が長持ちする。

❖噂話の底には、相手の不幸を望む心が隠されている

人間関係を成り立たせる上で、しかし極端に迷惑なものが二つある、と私は思ってい

る。

その第一のものが噂である。しかし人間は、いやことに女性は心底、噂が好きだ。噂は、八、九十パーセントが間違いだ。

間違ったことを元に、人は何かを喋っている。噂が、無味無臭というものもたまにはある。孫が生まれた、息子が転勤になった、震災で壊れた屋根の修理がやっと終わった、というたぐいのものである。

私の好きなのは、共通の知人の意味のない失敗談である。近眼なので全く知らない人に親しげにお辞儀した、とか、左右違った靴を平気で履いて出て帰るまで気がつかなかった、という手の「武雄伝」はそれに該当する。

しかしたいていの噂話は、その底に相手の不幸を望む要素が含まれている。相手の家庭の不幸、相手の心に潜む闇の部分。要素はさまざまあるが、噂は相手を陥れたい気分の変形であることが多い。

実は相手を蔑視、劣等視することで、わずかながら自分に自信をつけたり、幸福を味わったりする心理の操作は、どこにでもあるものである。

❖「自分は自分」という姿勢がとれない「弱い」人がいじめに走る

私は長い人生の中で、いろいろな人からうまく怠ける方法を習った。人間として生きていく以上、最低のお金も要るし、家の中をゴミの山にしておけば喘息にかかるかもしれない。だから、市民として、人からひどく侮蔑もされず、他人をさげすむこともなく、「まあ、ほどほど」で生きるのがいい。お互いにあるがままを認め合って侵し合わずに生きるのがいいのではないか、と考えたのである。

ところが世間には、この基本的なルールを破る人がいる。人だけではなく、いわゆる国家も覇権国家と呼ばれる領土拡大を常に狙う国家が出現し始めている。かつての日本を覇権主義だ、帝国主義だと呼ぶような国が、今では地下資源を狙って、覇権主義国家の最前線を走っているように見える。

人間でもとにかく自分が主導権を握らないと嫌だという人がいる。そういう人が一人でも同じ職場に勤めていたり、同じマンションに住んでいたり、子供が同じ学校に通っていたりすると、理由もなく標的と決めた特定の人を、とにかくいじめるのである。人をいじめるという性格は、一つの特徴を持っている。強いように見えていて、実は、弱いのである。「自分は自分」という姿勢がとれない。

弱いとは言っても、病弱なのではない。特に容姿が劣っているわけでもない。子供が病気なのでもなく、夫が失業しているのでもない。強いて言うと、当人に、「特徴」がないのである。

人間は誰でも、何か一つ得意なものを持っていれば、大らかな気分になれるものである。女性の場合、他人は知らなくても、簿記とか栄養士とかの資格を持っていたりすると、仲間の裁縫の上手な人に、「あら、いいわねえ。自分でお寝巻が縫えるなんて。私お裁縫てんでダメなの」と穏やかに言える。ホメられた相手は気分がいいからいい関係が生まれる。

人間は何も万能である必要はない。

万能な人がいないのは、「一日が二十四時間」という時間の制約がある限り、万能になれるわけがないからである。

❖人生はいつの一刻をとっても、完成したということはない

深酒をするとか、女癖が悪いとか、怠け者であるとか、見栄っ張りであるとか、賭事をするとかいう、表面どこからみても困った性格というものを、私は決して、いい加減に考えているのではない。

この五つは、いつの時代でも、周囲のものを困らせる要素らしい。いずれも当事者は意志の弱い人なのであろう。人間は眠った時以外は、自分を保つべきで、その自分がさまざまな意味でお粗末なことは誰もが体験するところである。しかし、そのろくでもない自分をだましだまし、生きるのが生活なのだから、酒にせよ、女にせよ、賭事にせよ、怠け癖にせよ、見栄にせよ、不当なほど現実の自分を薄めるために使うことは、少しばかりフェアではない。ただ、これらのものが、他人を困らせることについては、昔から、小説も、宗教の本も、さまざまなものが書いて来た。あまり書かれていないもので怖いものが、先に述べた二つの罠なのである。

それでは、几帳面な人は、むりにだらしなくしたらいいかというと、そうもいかないであろう。

優しい人が、急に寛大でなくなることもむずかしい。

ただ、そこで、人間は分裂的な眼を持つべきなのである。几帳面がいつもいいものではない、と思えれば、大したもので、そうなればだらしのない人を許すこともでき、周囲の人を心理的に圧迫しないでもすむ。

又、優しい人は、優しさは美徳かどうかわからないのであって、もしかしたら、卑怯な自分の保身の術かも知れない、と考えることをすすめる。

「これでいいということはないのだ」という一言は、残酷すぎるようだが、私は若い人に言いたいのである。人生はいつの一刻をとっても、未完成で、これで完全になった、ということはない。だから、万人にいいと言われる性格も、完全性をうたう全体主義の政治も共にまやかしである。だからと言って、いいことを目指す必要がない、というわけではない。永遠に、完全に到達しない戦いを戦うことこそ、本当の勇者の戦いと言うべきなのである。

❖美徳はさまざまだが、悪癖や愚行は似ている

他人の家、よその町、外国などのことをあまりあからさまに悪く言ってはいけない、という一種の慎みは小さい時に教えられたが、胸に刺さる戒めだった。

第一の理由は他人の悪口など言っていて、ふと自分を振り返ると、同じような悪癖を持っていることが往々にしてあるからである。もともと誰もがよく似たような暮らし方をし、似たような問題を起こし、同じようなやり方でそれを切り抜けているだろう、と見えても、やはり同じようなまずい解決策しか講じていない現実を知るとおかしくなったり悲しくなったりすることはよくある。美徳は人によって大きく違うが、悪癖や愚行はどれもよく似ている、と言った人もいる。だから人間はお互いに通じ合えるのだ。

第二の理由は「そうなっている」背後には、それぞれ事情があるからである。その事情は、数分間の説明や数時間のつき合いや、履歴書でわかるわけがなく、人間は、常に「他者の生活はわかりにくい」という基本的な恐れを抱いているべきなのだ。しかし家

族の構成だけなら簡単に図に描けても、人間の心理の部分は必ずしも平明ではない。私の家庭がまさにその典型であった。

❖夫が亡くなっても、暮らしは変えない

私は貧乏性なせいか、高齢者でも健康である限り、働かなければ食べられない社会が普通だと思っている。一日を何もせず、テレビを見て過ごすなんて、どう考えても自分を甘やかしすぎじゃないだろうか。

日常生活から引退はしないことが大事だと思う。

最近、台所に友達を呼べるテーブルをオーダーして設置してもらった。背中が痛いので、これまでのようにリビングのテーブルまで料理を運ぶのがしんどくなったから。台所にテーブルがあれば、作ってすぐにテーブルにのせられる。

今でも幼稚園から一緒だった友人たちがときどき遊びに来てくれる。十二時ちょっと前に集合して、私の料理を食べて、三時のお茶まで楽しくおしゃべりして、四時過ぎに

解散。料理は質素だが、お肉とお野菜のバランスがいいものを準備する。庭や三浦半島にある畑で作った野菜は新鮮でおいしくてみんなに大好評である。

夫が亡くなっても、暮らしは変えていない。以前と同じ家で、同じように一日を過ごしている。慣れた家で、変わらぬ日常を過ごすことは、心の安定につながるような気がする。

ありがたいのは、家の床に段差がないこと。年を重ねた母や義父母の、階段が辛そうな姿や車椅子での暮らしを見て、ただガランとした家に造ってある。色気もそっけもない家である。築六十年で、立てつけが悪くなったりもしているが、段差のない家は正解だったと思う。

❖本当の不幸は、自分の甘さを毅然としてつき放してくれる〝他人〟がいなかったこと

何年かに一度、私は若い人から、きわめて甘えた手紙を受けとることがある。それらの人々は、もちろんそれぞれに、不幸をかかえているのだろうが、共通しているのは、

自分の不幸が他人より大きい、と言い張ることである。初めはそのような考え方は、女に多かったのだが、最近では男にもあるようになった。

自分は他人より不幸なのだから、あなたは私を救《たす》けてくれるべきだという。彼らの本当の不幸は、肉体的に不具だとか、試験に落ちたとか、好きな男から愛されない、ということではない、と私は思うのである。

それは、自分の不幸はお前が慰めてくれるべきだ、或いは解答を出してくれるべきだという凡《およ》そ人間にとって不可能に近いことを要求してもダメなのだということを、少なくとも十代の終わりになるまで、誰一人としてはっきり教えてくれる冷酷な他人がいなかった、ということだ。

世の中の多くは、もちろん、冷酷さではなく、人の心の暖かさが人間を救って行く場面が多い。しかし今の大人は、何より子供の人気がほしい。

いいおじさんだ、やさしいおばさんだ、と思われたい。そのために、若い人に対して、その自立と尊厳を保つために、断じて手をかさないということができないのではないかと思うのである。

❖風通しのいい人間関係は開拓できる

風通しのいい人間関係を、私は求め続けたという気はする。私は人の噂話というものが好きではなかった。理由は簡単で、多くの場合それは全く不正確だったからである。「その人のこと」はあまり知らない、という距離感が、私は好きだった。自分はその人にとって親密な大事な人ではなく、ほどほどに遠い人だけれど、ただ記憶の一部に、できれば気持ちいい状態でいさせてもらう方が居心地がよかったのである。

風通しよく生きる方法は、それほどむずかしくはない。家族の一人があまり強烈な我を通さず、物事に執拗に固執せず、諦めと共に、淡々と家族が大して辛くないことだけを願って生きれば、多くの場合、その関係はうまく行く。

＊

自分がおとなしい性格であることが、麻生はあまり好きではなかった。できれば、大きな声でワイ談をしたり、親しまぎれに、相手の悪口を言うような、そういう心理状態になっていたかった。しかし、いざとなると、麻生は黙ってしまうのであった。まるで世の中で、控え目にしていることが、悶着《もんちゃく》を起こさない鍵《かぎ》みたいに振舞ってしまうのである。

人間の性格は、先天的なものか、後天的なものか、麻生は知らない。自分が、皆から静かで控え目な性格だといわれるようになったについては、自分の育ち方も関係あるような気がするが、それに責任をおしつけたくはなかった。

麻生は、父が戦死したので、伯母の家で育てられた。母が働きに出ていたのである。伯母のつれあいは、大きな材木問屋だったから、麻生はそこで、一応、物質的な苦労をせずに育った。もっとも、伯母夫婦にも子供はいたから、麻生は、実子同様というわけにはいかなかった。

伯母たちは、同様と思っていたかも知れないが、麻生はそうではなかった。彼は常に遠慮がちにしていた。

麻生の成績はとくによくも悪くもなかったので、彼は東京の、二流の私大に入った。

大まかに言うと、伯母たちに、学費だけを出してもらったのである。生活費はアルバイトと、母からの仕送りで何とかまかなった。

このかなり切り詰めた学生生活が、彼の性格に多少の影響を及ぼしたとは、言えると思う。好むと好まざるとに拘《かかわ》らず、彼は、こまかい、きちょうめんな性格になった。十円安くあげるために、二、三分考えることも、珍しくなくなった。

しかし、それよりも、彼の性格に、決定的な影響を与えたのは、彼の肉体的な特徴であった。彼はもう学生時代から、かなり髪が薄かったのである。彼は人並みに毛を生やすための、あらゆる努力をしてみたが、大した効果はなかった。毛がない癖に、朝の整髪に時間がかかる、というこっけいなことも、決してひとには言えないで胸の中にしまっていた。

大学を出て、伯父の紹介で、郷里の町で、就職することになった時、彼は初めてかつらを買った。少なくとも、確かに、少しは若く見えるような気がした。それは髪の一部を剃《そ》り、そこに一種の糊《のり》ではりつけるやり方のものであった。

かつらをつけていることが、他人にわかるだろうか、ということは、麻生の大きな関心事であった。初めは、多少、不自然に見えた自分の顔も、見馴《みな》れると、こんなものだと思えるようになった。《あなたの髪、かつら？》と訊《き》いた若い娘もないではなかったが、地方の人の方が、東京と違ってあからさまでないから、あまり失礼なことは言わない。言われない限り、麻生の頭には髪がある、と思っているのだと、こちらも考えることにした。

しかし、かつらによる生活上の制約もなくはなかった。麻生は、郷里の海で、昔はよく泳いだものだが、今は殆ど水に入らなくなった。

激しい運動もやめた。その代わり、彼は盆栽とも言えないような小さな鉢植えを育てることを趣味にした。麻生は、自分の綽名《あだな》が「爺《じい》さん」と呼ばれていることも、薄々知っていた。

三十二歳のこの年になるまで、麻生も人並みに何度か縁談を持って来られた。東京で見合いをしたこともあった。その時、久しぶりに、麻生は「かぶりもの」をとって、見合いの席にのぞんだ。そして、物のみごとにふられた。髪のことなど気にしないという娘が、この世にはいる、ということは嘘ではないだろうが、彼は信じなくなった。それ以後、麻生は決してかつらを取らなかった。しかし、縁談はいつも決まってまとまらなかった。

麻生は今、再び、微かな憂鬱な思いにとらわれていた。専務が遠縁の娘をもらわないか、と言って、写真を見せたのである。

「貰う気がないいんじゃないいんだろ」

そう訊かれれば、

「ええ、そんなことはないいんです」

と答えるほかはなかった。麻生だとて、できれば、結婚したいのである。しかし、このなりゆきは今から、見えすいていた。見合いをして、多ければ、二、三回デートをする。そのうちに、向こうから断って来る。理由はさまざまであった。親一人子一人というのが、どうも……というのもある。そんなことは、履歴書をとり交わした最初からわかっていたことである。スポーツの趣味がないのはいやだ、と断られたこともあった。スポーツは嫌いではなかったが、好きでもできる、というものではない。

専務から見せられた写真の娘は、能谷《のたに》響子といい、麻生には、明るすぎるように感じられた。美人というのではないが、眼が大きくて、口もがっしりしている。鼻は少しぺちゃんこだが、保母の資格を持っている、今でも近くの保育所で働いている、という。麻生はもう少し、控え目な暗い感じの娘の方が可能性があると思った。

しかし考えてみれば、自分は既に断られ馴れしてもいるのである。「よろしくお願いします」と麻生は専務に頭を下げた。

第一回目は、専務の家で会うことになった。専務は、自分のこと、ことに自分の髪のことを何と言っているかわからないから、麻生はどぎまぎしていた。

響子は、写真より、もっと朗らかだった。よく嬉しそうに声を立てて笑った。麻生は自分の心が惹《ひ》かれるのを感じたが、用心して引き戻そうとしていた。

「お互いに、子供じゃないんだ。この次は二人で、どっかへ行って来い」

専務は、その夜、酒を飲んでそう言い渡した。梅雨も、そろそろ終わりかけていた。

響子は、汽車で三十分ばかり離れた町に住んでいる。町は海岸に面していて、砂丘と、ゆるやかにカーブした長い浜で有名だった。今度は麻生が、日曜日に響子の家を訪ね、彼女が、何か、ちょっとしたピクニック用の昼食を用意しておく、ということになっていた。梅雨があがって、その日から、天気は爽《さわ》やかに晴れてしまった。

麻生は帽子をかぶってでかけた。麻生は帽子持ちであった。さすがにソフトはかぶらなかったが、二十代、三十代の男がかぶっておかしくなさそうなかぶりものは、何でも持っていた。

響子の一家は、町はずれの、古い日本家屋に住んでいた。庭には、茄子《なす》や胡瓜《きゅうり》が植えられている。麻生は、響子の両親に挨拶をした。お茶を飲んでいらっしゃい、と言われたが、響子が「でも、今日は先に外へ出る予定だから、帰りに寄るわ、お母さん」と救い出してくれた。

「畑は、誰が作ってるの？」

麻生は並んで歩き出しながら尋ねた。

「お母さんと私。朝、私が水やって行くの」

「僕も、植物みるの、好きなんだ」

「うちは、食い気専門よ。お母さんなんて、食べられるものしか植えないんですもの」

二十分ほど歩くと、砂丘だった。

「いい天気だなあ」

麻生は言った。いつもより、心が開いているように感じられた。響子はつばのひろい麦ワラ帽みたいな帽子をかぶっていた。家を出る時、麻生が帽子をかぶっているのを見て、響子は《お母さん、私も帽子かぶっていくから、取って》と玄関で、母親に帽子かけからとらせたものだった。帽子には、黄色い長いリボンがついていて、それが可愛らしく風になびいていた。

二人は暫《しばら》くすると、砂丘に坐ることになった。響子は、古いビニールのテーブル・クロスを持って来ていたので、麻生がそれを拡げ、二人はその上に、少し疲れて腰を下ろした。

「ああ、いい風」

響子はぱっと帽子をぬいだ。

「いい気持だわ。頭に風通してやると」

麻生は海を見ているふりをした。

「麻生さんも、帽子おぬぎなさいよ」

響子は言った。麻生は仕方なく、帽子だけぬいだ。

「麻生さん、今度から帽子も何も、頭にかぶらないで来て」

麻生はまだ真意をはかりかねていた。

「私ね、毎日、胡瓜と茄子に水やるの。そこに朝陽と風が当たって、ものすごく気持よさそうなの。なぜ、そうしないの？」

「今までね、いろんなことが、あったから」

麻生はどぎまぎした。

「私は平気よ」

「ほんとかな」

「一生、風通しよくして暮らしましょうよ」

麻生はその言葉にうたれていた。

「こんないい風なのに、もったいないわ」

「そうしようか」

麻生はおどけてみせた。

「会社へもよ」

「うん」

「お昼にしましょうか。お母さんとお握り作ったの」

「握り飯は好きなんだ」

それは竹の皮に入れてあった。銀紙にでもなく、プラスチックにも包んでなかった。

麻生は張りつめていた心がくずれるのを感じた。


それは五年前のことである。

麻生友彦は、今は血色のいい頭の地肌を、のびのびと風と太陽にさらしている。

「風通しよく、やりましょうや」

というのが、彼の口癖なのだが、その背後にある、彼と妻との間の砂丘の会話を知るものはないので、人々は、ちょっと実感のある、おもしろい表現をする人だと思っているだけなのである。

❖どこまで行っても自分の人生に満足できない人

自分の人生には、生きがいがあるだろうか、ということが、今ほど真剣に考えなおされている時はないように思う。戦争中は、ただ生きていられるというだけで、それは生きがいになり得たのであった。やせ細り、食べものもなく、明日もなく、泥の中に虫けらのように生きていても、そこには生の実感があった。

しかし今、生きているということは、何ら輝かしいことではない。

たくさんの家庭の妻や母たちが、現在の生活に不満という訳ではないにしても、多少の不安を持っている。彼女たちは、夫や子供たちに、おいしい御飯を食べさせることは、重大な、いやむしろ偉大なことだと納得しつつ、汗をかきかき台所で立ち働くことを何年くり返そうと、そのことのために、ほとんど知的になるなどということはないことを薄々感づいているのである。

女たちばかりではない。

夫や父たちにしても、特殊なエリートを除いて、後はほとんど懐疑に満ちて暮らしている。一生働き続けて、自分は一体、社会に何をなし得るだろうかと。

自分でなくても、誰かが、自分の代役を果たすだろう、という思いがたまらないのである。もちろんある男にとって、妻は一人しかなく、一応かけ替えのないものであるはずなのだが、その妻は台所に立って、自分より家政や料理の上手な女がこの地球上に何億人といるだろう、と考えて（いや、はっきりと考えないまでも、そのような思いが意識の下にあって）うんざりするのである。

結婚前のまだ若い娘たちも、多かれ少なかれ、自分の落ち行く先を感づいている。第一、職場にいても、自分がやめれば、たちどころにその日から誰かがその仕事を代わってやるので自分は職場になくてはならぬ人物とは思えない。

そのような娘にある時少しばかり割りのよさそうな縁談があって、先方から「結婚したら、仕事はやめていただきたい」などと言われると、そこで彼女が深刻に思い悩むのも自然であろう。結婚をとろうか、仕事をとろうかと。私にたとえ娘があっても、こんな場合、何の口ぞえもすることはできない。ただ、次のことは明らかである。迷うような時には、仕事にも男にも、どちらにも本当にはうち込んでいないのだということである。だから、そんな仕事ならやめて結婚してしまえ、という言い方もできるし、そんなに惹かれてもいない相手と、無理に結婚することはない、という考えもなり立つ。そしてかりに、心から結婚したいとねがって、自ら台所にとび込んだとしても十年経ってみれば、大半の人々は、自分の眼前にある人生に再び疑問を持つようになるのである。

❖自分の値打ちは、自分で見つける

私はいろいろなことを諦めたが、中でも割と早くから、人に正当に理解されることを諦めたのである。つまり社会が、或る人を正しく理解し、その当然の結果として、公平かつ平等に報いる、などということは、言葉の上ではあるかもしれないが、実際問題としてはほとんどあり得ないことだということを、別に誰にも習わなかったが、ほとんど本能的に知ったのである。私は、決して自分に与えられた処遇を不満に思って、こういう判断をするようになったのではない。私はむしろ何度もよい方に過大評価されもしたのである。

人は誰でも、時に過大評価され、時に過小評価される。いたし方ないのだろう。もちろん過大評価された部分が多い人と、過小評価された部分が多い人とはあって、その差が現世では利益上大きな違いになる、とは言える。

しかしたとえそうであっても、それは私の責任ではない。私が誤解したのではなく、誤解したのは他人であり世間なのだから、私たちはできれば訂正し、後はくすぐったい思いを忘れなければいいのである。

❖一つの境地に達すると、人はいい顔になる

若い時、美人だったという人に多いようだが、更年期を過ぎて美貌の衰えを感じると、急に気落ちしてしまう人がある。よく四十を過ぎたら、自分の顔に責任を持たねばならない、というのがあるが、私はあの説に反対である。人間は自分の顔にほとんど責任を持たなくていい。もちろん憎しみや羨《うらや》みの感情は人をとげとげしくするから、それがな

くなると人間は和んだ表情を見せるようになる。しかし人間は一時期、とげとげしくならねばならぬ時もあり、すさんだ表情にならざるを得ない状態にも追いこまれる。人間の顔は美しくてもみごとだが、醜くてもみごとである。しかし、そういうふうに、一つの境地に到達すると、多分、人はいい顔を見せるようになるはずである。

何よりも確実なことは、人は他人の顔を、その当人ほど気にしていない、ということである。また客観的に見れば、女優さんのような人は別として、人は当人が思っているほど若い時に美しかったわけでもなく、現在が醜悪なわけでもない。あまり見苦しいと思う人は美容整形の手術など受けてもいいと思うが、つまりそれはその人を根本的には変えないのである。

❖生涯を賭して選んだ道なら、人間として精一杯生きられる

もしかするとベルリンの壁が崩れた頃からのような気がするが、ゲイのカップルにも市民権を与えようという運動が目立つようになった。それまでのゲイの人たちは、その心

をひた隠しにしていたようだが、そのころから自分の立場を明らかにするようになった。そうした決意の果ての行動をカミングアウトと言うのだと、新しい英語を覚えたのである。

そしてやがて、同性のカップルは結婚式を挙げ、同棲するのに必要なあらゆる経済的な処置や法的保護を男女の夫婦と同じに与えよ、と主張するようになった。

私はそれもけっこうと思う。

しかし私がもし同性愛の傾向を持っていたら、別に誰にも言わず理解も求めず、政府や社会の庇護も期待せず、二人だけの世界で生涯を暮らすだろうと思う。

他人に理解されようと思うから無理が出るのだ。理解されてもされなくても、現実はほとんど変わらない。医者は病気になれば診てくれるだろうし、肉屋も八百屋もパン屋も、同性愛者だからといって品物を売ってくれないことはない。

噂など、十年くらいほっておけば、そのうちに人々は飽きて、他の話題を話すようになる。噂と名誉は死後にまで持ち越せないのだ。だからいい加減にあしらって、ただ人間として精一杯生きればいいいだろう。

私の女性の知人に、外国のある海辺の町に住むことをこよなく愛している人がいる。そこはゲイの人たちが集まる土地で、女性からみると、彼らとつきあうことほど楽しいことはないのだという。美しいものやおいしいものを知っており、知的教養は豊かで、しかも神経は繊細、男性特有の荒々しさもない。女性に余計な興味を持たない。こんなに爽やかに人間関係を築ける人たちはいない。

人権だの平等だのと言い出す時、ほんとうの恋も愛も汚れる。人間が生涯を賭して選んだ道なら、別に平等や正義など期待しないのだ。裁判官の出番は、小説家の引っ込み時である。

❖人間関係の悩みは宿命的に終わることがない

或る人間にとって、容易に解決されない悩みは人間関係である。その他のこと……日常の衣食住や、国際問題などは、なるほど、弱い個人の運命、生死を大きく分けるほどの力を持ってはいるが、それらの不備は、長い目で見ると、いつかは解決され得る可能性を持っている。

戦争前、多くの人たちが、結核で死んだ。小説の中で、結核は、主人公たちの運命を左右する動機として、まことに好都合なものだったのである。しかし今、結核は少なくとも死病とは思われていない。

比較の問題ではあるが、戦前の貧困は、今よりもっとはっきりした形をとっていた。本当に住む家もなく、橋の上には乳呑子《ちのみご》をかかえた女の乞食がいたし、橋の下の浮浪者は、実際にそこで雨露をしのいでいた。彼らのような立場の人たちが現在与えられている保護は、もちろん充分ではないであろう。しかし少なくとも昔よりはよくなったのだ。とすれば、将来、彼らは、更にましな生活環境を与えられる可能性はあるかも知れないのである。

しかし、衣食住に対する基本的な苦悩が減れば、その分だけ、人間は別のことに悩むようになる。

それは、更に、良い状態を得たい、ということ、それと人間関係である。

第五章

この世は、ほんの旅路にすぎない

❖人と同じことを求めていたら、自分の道は見つからない

人は人、自分は自分としてしか生きられない。それが人間の運命だろう。個別の人としてこの世に生を受けた以上、人間は一人一人違っていて当然だ。無理して違わせることはないが、遺伝子が違うのだから好みも違って当たり前だろう。（略）

どんな小さなことでもいい。自分の選択と責任において、背伸びしなければ、自分のできそうな仕事に就くことは、多くの場合可能である。私が子供の時から親しんで来た聖書には「働きたくない者は食べてはならない」とある。「キリスト教は冷たいんですね」と言う人がいるが、病気や障害で「働けない人」にまで働かないなら食べてはならない、と言っているのではないのだ。「働きたくない人」が食べてはならない、というのは当然のことだと私は思っている。

どこの途上国でも、人々は文字通り背を曲げて一生懸命働いて暮らしている。食事が悪いのに労働がきついのでやせ細り、結核患者が今でも多い国もある。農民や、人力車夫などの痩せ方を見ていると、気の毒でならない。

日本で、雨の漏らないお湯の出る家に暮らす親たちは、ひきこもりの成人した息子がうちでごろごろしていても、どうやら食べさせるくらいのことならできるのである。だから若者の方でも、働かなくても飢え死にすることはない、と甘く考えている。

しかし人が生きるということは、働いて暮らすことなのだ。中国やソ連など、社会主義の思想の強かった国では、自分で仕事を選ぶこともできなかった。党や国家が決めたのだ。しかし日本では、何とか頑張れば自分が好きな職業に就ける場合が多い。幸せなことだ。

問題は好きな仕事というものがない人と、長年、同じ仕事を辛抱して続ける気力に欠ける人たちが、けっこういるらしいということである。何事も長い修行時代が要る。小説家の生活もそうだった。何年経ったら、作家になれるという保証はどこにもない。失業保険もない。時間外手当てもつかない。それでも好きだから下積みを続けた。人と同じことを求めていては自分の道は見つからない、ということだけははっきりしていたのである。

❖時間が早く経つときは順調なとき

十月近くなると、誰かが時々、「え? もう十月? 早いわねえ。一年はあっという間だわ」と言う。四十代にもなると、誕生日を祝ってもらって嬉しいなどという気分にならない人もいる。

しかし私はよく思うのだ。もし時間が早く経たないという感じになる時があるとしたら、それは多分不幸な時なのだ、と。

私は怪我と眼の手術以外、重病で入院したことがまだないのだが、集中治療室のあの非人間的な空間から生還した人の意見を聞くと、あそこでは一秒一秒が意識されるのだと言う。テレビもない。雑誌も読めない。花もない。空もない。窓から見える景色もない。

動くものはすばらしい。それは生きているから、とその人は感じたそうだ。風にそよぐ木々の梢。通りを行く人。塀の上を歩く猫。ゆっくりと動く日差しの傾き。すべてのは不動とは反対の自然な変化を示してくれる、と言う。

私は飛行機の中で、その日に限って時間が長く感じられ時計を何度も見たことがある。もう大分経ったろうと思うのに、さっき時計を見た時からたった五分しか経っていない。こんな調子であと六時間、どう耐えたらいいだろう、と感じたら絶望的になった。よほど体調が悪かったのだろう。それ以来、時間が早く経つと感じるのは幸福な証拠、と思うようになった。

❖「閑人」をやることのできる老年期こそ、好きなことをやる

人生は確かに平等に近くある方がいい。誰もが熱くも寒くもない空間で暮らすことができ、自分の好物と言われるものを食べられた方がいい。しかし、世間が言うほど平等がよくはないのである。

定年後、過疎と言われている土地に移り住んだ人が、「本当にいいところで第二の人生を始めたと思っています。ここにはいい空気と美味しい自然の産物があって、天国のようです」などと言っているのを聞くと、私は半分しか信じられない。確かにそのように思う人もいるだろうが、都会というものの贅沢はまた別なのである。

都会が最も豊かに備えているのは「人材」だ。実に変わったおもしろい人々がたくさんいて、そして豊かな「文化的な刺激」を用意している。だから私は年取って田舎には住めない。田舎が過疎になるのは当たり前だが、しかしどんな人も都会に住むという選択の自由は残されているのである。

だから、人間はある程度体力を失うまでに、自分の好みとする人生をはっきりと選ばねばならない。金の使い方、住む場所、人間関係、それらを自分で選び取るのだ。それができないという不平は、目下のところ日本では考えられないのである。

＊

私たちの多くは、「閑人」をやることのできる老年期に、何も積極的な勉強をしない。

或る人は芸能界のお噂話を満載した雑誌を眺めて暮らし、ある老男性は野球やサッカーのテレビ放送ばかり観戦して、「元気をもらった」と感じたりしている。元気も夢も希望も、人間は決して他者からもらうことはできない。健康な心を持てるような食事を作ってもらうことはできる。しかし、明日以後の目標となるものは、すべて自分が生み出さねばならない。もう老年になって、今更何を学ぶのですか、という人もいる。しかし本来学びは、そのこと自体が文句なく楽しいものなのだ。お酒を飲む人は、「酔いがまわると、こういう心理になるから飲む」などと分析したり理屈をつけたりしているわけではあるまい。甘いものの好きな人に、「大福はどこがおいしいんですか」と尋ねても、客観的な理由など言えるわけではない。

強いていえば、勉強の楽しさというものは、魂の空間に、今後の思考の足しになるようなものを満たしていくことなのかと思う。品のない言い方をすれば、空のお財布に寛大な伯父さんがお金を入れておいてくれた時のような感じだ。これで好きなものが買える、という豊かな気分だ。

それで八十代の半ばになった私は、今まさに「閑人」時代の真盛りにいるわけだが、少し勉強もするし、期待するわりには怠けてもいる。

＊

老年の悲しみには、少なくとも二つのものがある。定年退職や体力の衰えから引退すると、社会生活から引き離され、家の中に閉じこもるようになる。

職場にいれば、上役や同僚に気の合わない人がいようと、とにかく日々は濃厚に外部と繋がっていた。出張、会議、飲み会、結婚式、葬式、密かな賭事、金の貸し借り、食事会。その都度、否応なく社会の風が吹き込んだ。

しかし退職すると、誰の顔も見ない。誰も電話一つかけて来ず、今までは会費の負担が文句の種になっていた会合の招待状も来ない。年賀状の枚数がめっきり減ったことが、心にこたえている人もいる。

今こそしたいことが何でもできる時になったのに、何もしないで時間をつぶしているのである。したいことは、お金がかかることばかりではない。

❖自分は少しの進歩もなかった、と認めるのもまた人間的

　キリスト教では、自殺は大きな罪とされている。対象が他人であっても自分であっても、殺すという行為は、大罪である、と考えるのだ。

　そのような次第で、私は問題のある家庭に育ち、私自身の境遇上でもごく若い時から穏やかな生活をしたことがなかった。十代から、「死んだ方が楽だ」と何度思ったか知れない。それでも「自殺は大罪」とするカトリックの戒めがブレーキになったし、自殺はどう考えても、私のような平凡な生活者には似つかわしくない大ドラマであった。だから私は「恥ずかしくて」止めたのである。

　死んで楽になることを求めて、現世に生きている自分を殺したために、魂が永遠に罰せられるのはたまらない、と計算しても、自殺はやはり割に合わなかった。そのうちに、人間は一生涯、適当に苦しんで生きて普通なのかな、と考えるようになったのだ。ただ、苦しんでいる人を見たらほんの少し楽になるように手を差し延べるのが、「人間的」と

いうものだろう。

もう一生が間もなく終わる、というこの年になっても、それ以上のいい考えは浮かばない。人間は生きていてこそ人間なのだから、その素朴な原則の通りに生き抜いて、少しの進歩もなく一生を終えるのだって、又人間的なのである。

❖「自分流」ではなく「他人流」に生きようとするから疲れる

ストレスを受けて病気になる人が、今の時代にもなくならない、という。

もちろん一概に、ストレスの原因を決めるわけにはいかないけれど、私は昔から、マラソンと同じでトップに立つ人はさぞかし風当たりが強く、その辛さが胃に来たり血圧の変調になったりするのではないか、と思っていた。

私が昔からいつの間にかやり続けて、割と楽なストレス処理法だと思うのは、最初かららいい評判を取らないことである（本当は「取らない」のではない、「取れない」のだが、この際そういう正確さはどちらでもいいことにしよう。厳密でありすぎることもまた、ストレスの原因だから)。

人はどういう生き方をするかなかなかむずかしい。私の実感では、人から一度褒められるようになったら後が大変だ、という気がする。

よく気がつく人だ、などと一度でも思われようものなら、ずっとそういう献身的な態度を要求される。

あの人は人付き合いのいい方で、などと言われたが最後、あらゆるところからお誘いがかかり、お返しでまた呼ばねばならず、本を読む暇もなく、ずっとパーティーを開き続けていかなければならないのだ。

ことに地方の、伝統的な空気の強い閉鎖社会では、評判が人生を決めてしまうことさえある。だから最初からわざと、あの人は役立たずだ、気がきかない、態度が悪い、神経が荒い、親切でない、ということにしておくと、当人はそれほど気張らなくても済むのである。

ここが面白いところだ。

ことにいいことは、そういういささか悪評のある人がちょっとでもいいことをすると、それは意外な効果を生むということである。

もともと気がきくと思われている人なら、して当たり前のようなことを、気のきかないとされている人がすれば、「あの人も意外と考えているのね」と褒められ、普段から親切だと思われている人なら当然とされていることでも、不親切だという評判を取っている男がちょっと気配りを見せると「あの男も、時には味なことをやるもんだね」と大受けである。

悪評に馴れておけば、少々の悪口に深く傷つくなどということもない。時々まじめ一方の人が、部下の犯した失策などまで気に病んで、突然飛び込み自殺などしてしまうことがあるが、それは若い時から人生の生き方の作戦を誤ったのである。

つまりあまりにも単純に優等生的な道を選ぶということは、多分それだけで優等生でない証拠なのである。

要は自分流に不器用に生きることである。自分流でなく、他人流に生きようとする人が多過ぎるからストレスが起きる。

❖人間は必要に迫られると、独学し始める。これが本当の勉強

人の意見などどうでもいいのだ。高校も大学も、行きたいと心から思う人は行けばいい。周囲も制度も、できるだけその希望を叶えるように助けたらいい。

しかし学校へ行きたくない人は、何も無理して行くことはない。それは個人的、社会的なむだであって、その人の大切な青春にただ灰色のページを増やすだけである。

大学へ進みながら、おもしろいのはゴルフとテレビ・ゲームだけだと思っている、ということはどう考えても理屈に合わない。それなら、大学などというものに、時間やお金をかけずに、もっぱら楽しいゴルフとテレビ・ゲームだけに大切な時間を集中すべきだと思う。

いやそうではないのだ、という説もある。造り酒屋の跡継ぎは、先祖伝来の方法で、酒だけ造っていればいいのだから、高校で学ぶことさえも必要でないように見える。酒造りの一応のやり方は、父親とか店に古くからいる男が教えるだろうし、秘伝は体験と

口伝で教わるものだ。

しかし、自分の職業に直接の関係はなくても、人は「教養」を広げるべきだ、というのがその根拠である。大学の学問のような一見直接に職業に結びつかないような勉強が、その人の職業の基盤を強め、守備範囲を広げもする、というような言い方も一面では正しいからである。

しかしなぜ一面で正しくないか、というと、人はほんとうに必要がある時には、必ず独学するし、独学ではできない分野なら、その時、初めて真剣に勉学の道を自分で模索するものなのである。その時でいいのだ。いやなのに無理して学校というシステムに組み込まれることはない。

❖バカにされることを恐れることほど、愚かなことはない

自分の生涯の生き方の結果を、正当に評価できるのは、私流に言うと神か仏しかいない。だから他者に評価や称賛を求めるのは、全く見当違いなのだ。バカにされることを

恐れることほど、愚かなことはない。もし私がほんとうにバカなら、バカにされるという結果は正当なものだし、他人が不当に私をバカにしたら、もしかすると別の人が、私をバカにした人をバカだと思うかもしれないのだ。

だからそんなくだらない計算にかかずらわることはない。そういう人生の雑音には超然として楽しい日を送り、日々が謙虚に満たされていて、自然にいい笑顔がこぼれるような暮らしをすることが成熟した大人の暮らしというものだ。町の英雄は、決して他人の出世や評判を羨んだり気にしたりしないのである。

＊

むずかしいのは、過不足なく自分を表す、ということである。私はうまく喋れません、とか、手紙の文章がうまく書けません、という人は、自分を必要以上に、よく見せたいと思うからなのである。

買いかぶられるよりも、実際よりバカだと思われる方が、どれだけ、静かで安心できるか。という場面に私は時々ぶつかることがある。できれば限りなく正確に、自分をそのまま表すこと。その姿勢に私たちは馴れるべきなのである。もちろん、そのためにはさまざまな意味のない防備から自分を解き放たねばならない。素手で外界を受けとめることである。私にはできないが、それが本当に勇気ある人のりりしい姿なのである。

❖失敗を打ち明けて笑い合える、この世で唯一、安心できる関係

「沈黙は金、お喋りは銀」という格言があるが、と書こうとして、後半は私の捏造《ねつぞう》だということがわかった。でも私は、結婚生活の幸不幸は、楽しい会話のできる相手と暮らすかどうかに掛かっている、とさえ思っている。

夫を亡くした友人は、客観的なおもしろい人で、夫が生きているうちは「あんな酔っぱらい」などと言っていたが、死後「一つだけ彼がいなくなって困ると思うことは、心を許して喋れる相手が身の廻りにいなくなったことね」と言った。人間は、決定的に相手を悪いと思っているわけではなくても、時々誰かのことを悪しざまに言ってしまうこともある。夫婦なら、それを聞き流し、決して告げ口をしたりしない。

しかし他人は心が許せない。親友だから大丈夫だろうと信じて喋ったことでも、変な伝え方をされるかもしれないのである。私は、「あんな酔っぱらい」の夫がどんなに彼女の心を支えていたかを感じて、「あ、二人はいい夫婦だったんだな」とその結婚生活の成功を祝福したのであった。

中国などでは、一時、夫が共産党のやり方に反する思想を口にしたりすると、妻がそれを密告したという。そういうのを日本人はこの世の地獄というのだが、それに耐えられた中国人は偉い。

私なら精神に異常を来たしているだろう。

私は夫から、いつも外であったことを話してもらえる楽しさを味わえた。私もまたことこまかに、外であったことを喋った。お互いに相手が失敗した話を聞くのは、ことに笑えて楽しかった。

失敗を語って怒られたり、ばかにされたり、意見されたりする夫婦は少し大人げないのだと思う。

失敗は人間性そのものである。

❖あの灯の下に、本当は、暗く苦しい人生があるのだろう

私は、人生というものは惨憺《さんたん》たる所だ、と思い込んでいるので、その一つ一つの灯が、喜びよりも苦しみを抱いている図を想像する方がたやすかった。家を埋めるように降り積もった雪の中で、さらに冷え冷えとした憎悪に苦しんで生きる人々の暮らしを想像した。

それは、私が、他人と見れば、すぐそういうふうに悪く想像する習性がついているからではない。私は、自分の幼い時、自分の身近な者を深く憎んだ覚えがある。そのような自分の醜さに私は傷ついた。自分を許したのではないが、そのような感情を処理し切れぬままに生きているには、他人にも、そのような思いがあるであろうという想定のもとに暮らすほかはなかった。それが、雪の黄昏《たそがれ》に輝く家々の灯を見る時、あの下に、明るい暖かい家庭があるのではなく、暗く、苦しい人間関係があるのだろう、と反射的に考える癖になった。

❖この世は、ほんの旅路にすぎない

加齢という体験の積み重ねはしぶといもので、どんな現象にもそれなりの意味や効果を感じてしまう。ただ悲しみは一種の詩であり得るが、意味の発見は、知恵にはなるが、詩にはならない。だから詩は青春のものだ、ということだ。

人間の皮膚にも老化のきざしははっきりと窺《うかが》えるが、思考もその原則を逃れることはできない。しかし地球上のものが、時の経過という運命を拒否できない以上、思考も老いていいのだ、と私は考えている。

私はカトリック系の学校に幼稚園の時に入れられたので、ごく幼い時から、先生の修道女たちが「私たちは、永遠の前の一瞬を生きているにすぎません」「この世は、ほんのちょっとした旅路なのです」と言うのを聞いて育った。

私もけっこう反抗的な生徒だったが、修道女たちのその「呟き」が間違いだったと思ったことはない。

❖重荷も、自分を育てる

人間の才能の一つに、いやだと思うことを道楽にしてしまうという方法がある。重い荷物を背負って長い道のりを歩くという仕事は、本来は悲惨な労働の範疇《はんちゅう》にあった。奴隷もそういう仕事をさせられたし、山の荷担ぎ人もそうであった。しかも昔は、重い荷物を簡単に運ぶ方法もなかった。馬車に積んだり、筏《いかだ》に載せたり、象を使ったりしても、なお細部では人間の力で持ち上げなければならなかった。

しかし人間は、奴隷がさせられたような仕事をもまた、楽しみの種にするという才能を持っていた。登山とマラソンはその一つの典型である。今どき、自動車もトラックもケーブルカーもフォークリフトも、何でも使える時代に、何を好んで、重いものを担いで長い道を歩いて山に登ったり、飛脚さながらに長い道程を走ったりする必要があろう。しかし人間は、辛い義務を、楽しい課題として変えることを知っていたのである。

何ごとも、楽しんでやれる人はすばらしい。家事もやってみれば楽しくおもしろい、と思える人もいる。不幸さえも、それを解決することを一つの目標というふうに受け止め、それを生の手応えとして受け止められる人もいる。その手の人がほんとうの生活の達人であり、生きた芸術家なのである。

❖学校の「皆いい子」が大のクセモノ

すべての人間には意図というものがあるが、しかしそれがそのまま通ることはほとんどない。そこにいささかな外的な力が加わって、そしてその人の最終的な運命が決まるのである。私たちは自分が自らの乗った船の舵取りをすることを忘れず、しかし長い目で見れば、運命に流される部分も多いことを知るであろう。キリスト教徒たちはそれを「神の奴隷になる」という言い方をしたのである。

＊

私は人生を突き詰めて考えるのが好きだ。碁も将棋もできないが、まだ自分が行動しない部分を、推測して考えて行くのはおもしろいと思う。もっとも碁や将棋がむずかしいように、自分がどう行動したらどうなるかを見極めることも実は非常にむずかしい。しかし私の場合、母や従兄や他の多くの友人たちが、私にかなり多くの架空の人生を見せてくれもし、語ってもくれた。

それは学校の教育以上に貴重なものであった。しかし、学校でもそれ以外の場でも、人生の生き方の実態を語る人が少なくなった。社会全体に会話が減って来たという感じである。しかしそれより困るのは、かつても今も、教育の世界を牛耳って来た「皆、いい子」の思想が、実人生を見せるのを拒んでいることだ。

この標語に含まれる軽薄な嘘くささは、教師たちの無思想性と勇気のなさを表している。

❖神はほんとうに老獪でおかしなストーリーを作る

私は新聞の切り抜きを入れて置く箱を持っているのだが、その中からおもしろいものを発見した。九月八日付け（一九九三年）の「京都新聞」である。

京都では大変有名なことなのだろうと思うが、比叡山延暦寺に、東塔が再建されたのは、十三年前の一九八〇年十月のことだという。比叡山の法華総持院は一五七一年に織田信長によって焼き討ちにあった。「なかでも天台宗の宗祖最澄の遺志を継いで弟子が『鎮護国家』を祈願した東塔の再建は、比叡山の僧たちの悲願でもあった」と記事は書いている。

佐川急便事件で有名になった佐川会長（当時）は、しばしば比叡山を訪れていた。そして或る日「比叡山のために何かできることはないですか」と申し出た。そこで佐川会長は、寺側から比叡山の長年の夢である東塔の建立はできないものか、と相談される。費用は約二十億円。しかし佐川会長は「佐川急便グループを挙げて協力したい」と答える。

「昭和の東塔」落慶法要の日。佐川会長は来賓の一人として、祝いの餅を出席者に配った。

「汗して働いた、その働きざまの象徴を、私たち（佐川急便で働く者たち）はこの塔に求めようではないか」と佐川会長は自叙伝に書いた。

「『比叡山では財政が必要な時に、決まって篤志家が現れ、助けられる。佐川さんもその一人だ』。延暦寺前執行の叡南覚範は、数々の寺に巨額の寄付を施したある故人と並べて、佐川を『昭和の功労者』の一人に挙げる」

今でも東塔には「佐川急便グループの会長佐川氏の寄進により……」と刻まれているそうだ。

佐川グループで働く者がすべて東塔を、自分たちの象徴と思うかどうかはわからないし、株式会社でも、こういうオーナー会長になると、寺院建立にこれだけのお金を出せるのだと知って、経済にうとい私はびっくりする。しかしこのエピソードは、私の好きなものなのである。

この世のことは、ほんとうにおかしなからくりによって動く。佐川氏は、自分の「御真影」を各支店に掲げさせた人だというが、こういう性格の人でなければ、とうてい東塔を建てるということを思いつかなかったであろう。私をも含めた常人は、二十億あるなら東塔より生きている人が恩恵を被れる所に使うべきではないか、とか、キリスト教徒も神道もいる会社で、仏教にこれだけの額の金を寄進したら、従業員の反感を買うのではないか、と余計な心配をする。

しかし世の中のことは、正当な、正しい判断によってではなく、誰かの思い込みによって動くこともけっこう多い。私など、ほとんど思い込みだけで生きているから小説も書けるのだが、東塔が出現するなどということも、やはり誰かの、もしかすると狂的な情熱がなければできないことなのだろうと思う。もちろんつけ加えるまでもないが、この場合の「狂的な」という表現は、かなり褒め言葉の要素を含んでいる。

*

かつて、ルーマニアのチャウシェスクが建てた「宮殿」が、人民の膏血《こうけつ》を絞った独裁の証として非難の的になったが、おそらく今後のルーマニアの首都で、ほとんど唯一の観光名所になるのは、その宮殿であろう。

それはワーグナーに入れ揚げたルートヴィヒ二世の場合も同じであって、もし我々が当時の彼の臣下だったら、どうして芸術家気質の若い王様があんなまでワーグナーに貢ぐのか、どうしてああいう途方もない夢のような城を築くのか、理解する者はほとんど一人もいなかったろう。しかし今、あのバイエルン地方はルートヴィヒ二世で食べている。ワーグナーの音楽にゆかりのある場所、ルートヴィヒ二世の城が観光の目玉中の目玉だ。

芸術はほとんどの場合、いささかの非道徳や悪の要素と同居している。その創作の過程や結果において、悪の要素を全く含まないという芸術作品を、私は思いつくことができない。

芸術とは全く無縁だが、私にも個人的におもしろい体験がある。

かなり昔のことになるが、私は或る時、仕事の約束が守られなかったということで、ビジネスの相手とモメたことがあった。とは言っても、実は本気で怒ったのではない。ただ係の人が、事務的にあまりいい加減なので、私は怒ったふりをして、「慰謝料を払ってください」と言ったのである。そうでも言わなければ、彼はその土地の名物のマンジュウかなにかを持って来て、それで自分の怠慢を帳消しにしようとするだろう。甘いものはあまり食べない私も実はマンジュウは大好物なのだが、マンジュウでごまかされるのもイヤだと私は意地を張ったのである。

その組織のボスはよくわかった人物で私のヒステリーに対して、心はどうあろうと「ごもっともです」と言って見せ、「慰謝料を払わせて頂きます」と言ってくれた。そうなると、私は恥ずかしくなり、その人と私の間では、会話は終始笑って交わされた。私は初めから本気でお金を受け取る気はなかったのだが、いったいいくらの慰謝料が貰えるのか、ちょっと興味はあった。ちょっとこういうイヤミを言っただけで、私の気分はとっくに晴れていたのである。

私は今で言うと、十万円くらいが送られて来るかなあ、と浅ましい胸算用をしていた。しかし送られて来たお金がこの予想よりはるかに高額のものであることがわかると、私はそのボスに手紙を書き、そのお金は、全額その方が日頃から心にかかっていることに使って頂きたい、と頼んだ。

するとやがて返事が来た。

その方の住んでいる近くには、正確には何と呼ぶのかしらないが、乳児院のような施設があった。見捨てられた子供たちや、親が病気や離婚で養えなくなった赤ちゃんや子供たちに、一時期家庭を与える場所である。しかしその建物はかなり老朽化していた。

もう昔のことで記憶がぼけてしまったが、洗濯場の排水と、物干しと、倉庫を直す、というようなことだったと思う。私がもらったお金は、そのままその修理費に当てられることになった。

神はほんとうにおもしろい方だ、とその時私は思った。私の「ヒステリー」をこういう形でお使いになる。

答えははっきりしているのだ。私はヒステリーを起こさない方がよく、佐川会長はもっと「良識ある行動を取る」方がよかったのかも知れない。しかしそうなると、多分「昭和の東塔」はできず、乳児院の洗濯場の改修は遅れただろう。

神はほんとうに老獪で、おかしなストーリーを作る。こんな思いもかけない結末は、人間の考えつくことではない。私は自分のヒステリーの結果まで、神の思し召しにしてしまったのである。

第六章

生きて、後生に繋《つな》ぐ

❖マスクや消毒液よりも基本的な食事

私は六十歳から健康診断も受けていない。そのためにがんなど重篤な病気の発見が遅れて命を落とすことになっても、自分の自然な寿命として受け入れようと思うからである。病院に足を運ぶのが面倒くさいというのが一番の理由だからだ。

それに、健康診断で病気が発見されれば治療費がかかって、国の負担も増えていく。性格がケチなせいか、私みたいな年寄りのために多額の医療費が使われるのは勿体ないと感じてしまうのだ。

その代わり、普段の生活にはわりと手を抜かない。

とりわけ大事にしているのは食事だ。私が料理好きということもあるのだが、「今日は疲れたからお総菜でも買って帰ろう」とは思わない。外食は大好きだけど、自宅にいるときは毎日、手料理だ。

献立は、焼いた塩鮭にみそ汁、ふろふき大根や里芋の煮っころがし。そこに自家製のぬか漬けやサラダを添えるといった程度である。私が幼い頃に親しんだ食事と大して変わらない。

小津安二郎の映画にでも出てきそうな、戦前の小市民的な食事である。

少々手抜きでも、自分の手でタンパク質や脂質のバランスが取れたご飯を作って、お手伝いさんや秘書たちと食卓を囲む。マスクや消毒液を買い込むより、そうした食生活を続ける方がよっぽど健康的で、抵抗力もつくように思うのである。

❖戦争が教えてくれたことは、「ただ生きているだけですばらしい」だ

とにかく世間は「生き続けること」だってむずかしいという原則にあまり気がついていない。しかし人間の義務といえば、第一に「とにかく生き続けることだ」ということになる。私にそれがわかったのはローティーンの時に経験した第二次世界大戦のおかげ

だった。それまで私は小市民的サラリーマンの家に育った娘として、自分の生死を突き詰めて考えたこともなかった。私は文学少女だったが、当時はサイエンスフィクションというジャンルもなかったから、地球は今日を終えれば必ず明日が来て当然と考えていた。

しかし一九四五年の夏、第二次世界大戦の終戦直前、私は初めて猛烈なアメリカの空爆に晒されもしかすると明日まで生きていられないかと思ったのである。そこまで現実的に自分の生死を考えたのは初めてであった。

もちろんそんな体験はない方がいいけれど、私の中で、本当の自己発見ができたのはその時だったかもしれない。

当時私はまだ十三歳だった。東京を空襲で焼き、グラマン戦闘機からまだ十三歳の少女だった私を狙いうちしたアメリカ軍のやり方を信じられないと言ったアメリカの知識人もいたが、私はそういう形で戦争というものを学んだのだ。

これはすばらしい「実学」であった。

❖人生を空しく感じるのは、目的を持っていないから

いいだけの人生もない。悪いだけの生涯もない。ことに現在の日本のような恵まれた状況では、そのように言うことができる。それでもなお、多くの日本人が不平だらけなのだ。

まず私の実感を述べておこうと思うのだが、もし人生を空しく感じるとしたら、それは目的を持たない状況だからだと言うことができる。

たとえば高齢者に多いのだが、朝起きて、今日中にしなければならない、ということが何もない。だからどこへ行ったらいいのか、何をしたらいいのかわからない。どうして時間をつぶそうかと思う。時間というものは皮肉な「生き物」で、することがたくさんある健康人にとっては素早く経っていくものなのに、することのない人や病人には、きわめてのろのろとしか経過しないものなのである。絶対時間というものは果たしてあるのだろうか、と思うくらい心理的なものなのだ。

年齢にかかわらず、残りの人生でこれだけは果たして死にたいと思うこともない、という人は実に多い。諦めてしまったのか、もしかすると、目的というものは偉大なものであるべきだ、と勘ちがいしているからか、どちらか私にはよくわからない。

私の目的は、多くの場合、実に小さい。今日こそ入院中のあの人に少しは退屈紛らしになるような手紙を書こう。冷蔵庫の長ねぎ二本を使ってしまおう。引き出しの三段目の中で散らかっているクリップやメモ用紙を整理しよう。その程度のものだ。そしてそれだけ果たすと、私は満足と幸福で満たされる。我ながらかわいいものだ、と思う。

❖年をとれば、よくないことが増える

よく年をとるほど楽しい、とか、若い時と同じくらい生き生きしている、とお書きになっている高齢者がいるが、私はまったくそんなことはない。年をとれば、それなりによくないことが増える。

それでも八十代半ばの「生存者」としては、自分ではまだ始末がいい方だと思っては

いる。自分のことはほとんど自分でできるだけでなく、家の「経営」全般の責任を負っている。

日々ものを片付け、冷蔵庫の中身の管理をし、五十年以上も経つ古家の、目に余る故障箇所があれば、修理をしてくれる人を呼んで、見苦しくない程度の補修を頼む。昔の家だから少し庭があり、父母の代からの庭木が植わっているので、たまには植木の床屋も頼まなければならない。

それなのに私は毎日体がだるい。重いものを持てなくなっているし、長い距離も歩けなくなっている。

それらの結果には皆、理由がある。七十四歳の時、かなりひどい足首の骨折をした。非常に上手く治ったのだが、それでも怪我したほうの足首は、時ならぬ時に腫れたりする。口の悪い私の女性の友人は、「そりゃそうよ。一度大事故に巻き込まれて、ぐちゃぐちゃに壊れた自転車は、完全に直しても新品の値段じゃ売れないのと同じことじゃないの」とワルクチを言う。

❖余生を生きている、という感覚の大切さ

現代人が、寿命に対して甘い気分を持ち始めたということは紛れもない事実である。昔は「敦盛《あつもり》」にあるように、「人間五十年、下天《げてん》の内をくらぶれば、夢幻《まぼろし》のごとくなり」というのが実感であった。五十年も生きられるのがむしろ例外であった。

　昭和二十年（一九四五年）、終戦の年の平均年齢というものを、私の夫は記録しているという。それによると、女性の平均年齢は四十代、男性は二十代だったという。男たちは戦場へ行き、つまり若く死んだのであった。二十代で死んだ男たちから比べると、四十代まで生きられた女たちは、幸運というかしぶといというか、幸福な存在に見えたろう。夫はその時十九歳で、既に二カ月だけ兵士としての体験をしていた。

もし現代のような医療がなかったら、私もまた間違いなく今の年まで生きていることはなかった、と思う。私は盲腸を患った。一年に何度も喉が悪くなって、抗生物質を飲まないとなかなか治らない。そういうことを生涯に何十度、いや何百度と繰り返してい

るわけだから、薬がなければ回復不可能という事態が出てきていたはずだ。

モーツァルトが三十五歳、バイロンが三十六歳、太宰が四十歳、芥川が三十六歳で死んだというと、大抵の現代っ子は驚く。ことに日本の作家の場合は、あんな難しい漢字を書けた人がまだ、三、四十代だったんですか、というわけだ。

こういう歴史を考えると、今の中年以後というのは、化石みたいな存在なのである。五十歳でまだ働いているなどということは、昔は農業とか豆腐の製造業とか宮大工とか自営業ででもない限りあり得なかったのだ。

四十代でもう老人、五十代は完全な隠居である。六十歳、七十歳で生きているひとがいるなんてとうてい信じられなかったろう。

だから現在のほとんどの中年は、昔の人からみたら余生である。戦争へ行って、友達が戦士して自分は生き残った人も、すべて今日生きてあることを余生と思っている。戦後生まれでも、大病をしたり、大きな事故に遭ったりしている人も、その後の人生は余生だと感じている。

この感覚が実に大切なのである。

❖年をとった事実を認めるのは、敗北ではない

中年以後の、人生の大きなテーマの一つは、大小さまざまな体の不調と闘うことだろう。

私の素人の実感によると、七十五歳を過ぎるとはっきりと体に問題が出て来る人が多くなる。その変化が一番よくわかるのは、クラス会である。ペースメーカーを入れるようになった人、腎臓透析をしなければならなくなった人、耳が遠くなった人、腰の痛い人、私のように骨折をした人、などが急に増えるのである。

最近、制度が変わるとか言われているけれど、厚生労働省が七十五歳以上を「後期高齢者」として区分したのは、実に適切な処置だったと言える。

それなのに、「後期高齢者」という名称が、蔑称《べっしょう》のようで気に食わない人がいるという。いい年をして現実を直視できないのは困ったもので、むしろそういう姿勢自体が老化の証拠と言ってもいいくらいだ。我が家の夫は現在八十七歳だが「後期高齢者」と一

くくりで言うのでは足りない、と言っている。「晩期高齢者」「終期高齢者」「末期高齢者」と、もっと細かく区分して対策を立てた方がいいと笑っている。

だから高齢になっていささかの体の不都合を訴えるのは、少しも異常なことではない。冷蔵庫だって、エアコンだって、自動車だって、七十年、八十年も使えば、必ず少しは古びている。世間で年代ものの古い車を使いこなしている人は、そこに至るまでにメンテナンスがよかったので、その苦労がちゃんと報われているのである。人間も、でたらめな食事をし続けたり、グルメの癖をやめなかったり、大酒を飲んだり、タバコを吸い続けたりすれば、機械が早く古びて当然だ。

❖私は海風の中で寝ている

私は暇を見て、と言いたいところだが、東京の家と海の家と、どちらも築後五十年近くなるので、その修理が必要になるのに追われている。愚痴も言うが、実は私は修理をしたものを使うのが、新しいものを使うより好きな面もある。東京の家は、つい先日屋根瓦に罅《ひび》が入ったりずり落ちそうになったりしているのを止める修理をした。この屋根は、阪神・淡路大震災の二年後に、今風の軽い瓦に葺《ふ》き替えた。昔風の重い瓦が、地震に一番弱いことがわかったので、日本中の屋根屋さんが、震災の後片付けから解放されただろうと思う時期を見計らって修理したのだ。

海のうちは、私が一番好きな住処で、ここだけはできたら死ぬまで住んでいたい。ここへ来ると、スティーブンソンの墓碑銘を思い出す。私が小学校の英語の時間で、一番最初に暗唱させられた詩だ。

「星にちりばめられた広大な夜空の下に、
わが墓を掘り、そこに葬られんことを」

というのだ。海辺の夜空はたいてい水蒸気が多いから、そんなに無数の星は見えない。誇らしげに星を擁する天は、砂漠の夜空だ。しかし海辺の古屋は、修理して住みたい。私は海風の中で寝ている。

海の日ざしは強いのでサンルームの日除けがぼろぼろになっている。和室の根太もふらふらしている。直して元気にしてやらねばならない。私の病気は治らなくても、家の病気は、何とかなるからほっとする。

❖人間として迷う時間が許される自由は、端正で美しい

わからないことは考えなくていいのである。そう思いついた時、それは中年のどの時期からそうなったのか、私には覚えがないが、これが私の救いであった。最初からそう思えたわけではないが、次第次第にそう思うようになった、という方が正しいだろう。

私は学者でもなければ、政治家でもない。総理大臣だったら、原発が津波で機能を破壊されれば、その後の処置に対して即断をしなければならないところだが、一市民なら幸福なことに、そんな重要な決定をくだす必要はないのだ。

そうしたことがどれほど人間として必要で、ささやかながら折り目正しく、かつ偉大な幸福の理由か、世間はあまり自覚していない。迷う時間、わからないという判断を人として許されているということは端正な自由である。その素晴らしさを、とことんわかってもいいと思うのだが。

❖人間関係ほど恐ろしく、魅力的なものはない

困ったことに、と言ってしまうのは軽薄なのだが、人間関係ほど恐ろしく、同時に魅力的なものはない。どちらがほんとうなのか、と聞かれると、私は返事に困る。

世間には人間嫌いと自分を位置づける人がいて、その程度はさまざまだ。何となく、人との関係がいつもぎこちないという程度で一生済んでいく人もいるし、徹底して部屋の中や森の奥に引っ込んで、外との関係を極端に避ける人もいる。純粋に好みの問題だけで言えば、私は後者に傾く性向がなくはない。

とにかく、関係なくしていれば、相手に危害やら被害を与えなくて済む。私は一生に数人、それとなく付き合いを断った人がいたが、その人たちは、決して悪人ではなかった。ただ会話を交わすと、私が言ったことを平気で間違って、と言うより、むしろ正反対の意味に書く人だったから恐れをなしたのである。それは純粋に聴力が悪かったのか、それとも日本語の理解力に問題のある人だったのか、私のしゃべり方が悪かったのか、

いずれかだ。

❖現実を直視する教育を

盗まれる、殺される、という恐怖が、高齢者になるほど強いのはおかしなものだ。若い時なら、そのような犯罪に遭うことが恐ろしくても当然だ。それで将来が断たれるか、予定が覆されるかするからである。

私は高齢者になったら、殺されても若い時に被害を受けるより諦めがよくなるはずだ、と昔から思い、今でもそう思っている。視力を失いかけた五十歳の時、私は生きているのがいやになり、誰かが過失による自動車事故で私を轢き殺しても、決して相手を怒らずに「むしろ故人は、楽に死ねたことを感謝していますでしょう」と相手に言うように書き付けを残しておいたことがあるから、年をとったら、死を受け入れる用意は、若い時よりさらにあるだろうに、と思うのである。

それでも老人は泥棒や強盗を恐れる。「こんなボロ屋に強盗に入る人なんていませんよ」と言ってもだめだ。最近のように、オレオレ詐欺の言うがままに、孫が使い込んだという千万円もの金を、いとも簡単に用意して渡すような極く普通のお婆さんがあちこちにいるようになると、ボロ屋にこそ大金がある、という判断の形式が生まれるのかもしれないが、金を盗られたって命を失ったって、若い時よりそれを悔やむ理由は減じているはずだ。しかしそういう判断は老人や認知症の人にはない。

理由を言い聞かせても納得しないのが、認知症だ。あるのは現実だけで、架空の条件というものは、頭に入らないのである。

或る老人は、理由もなく或る晩、自分の頭を壁にぶつける、という行動を取り始めた。人間は転んで頭を打つと、惚けがその度に進むというので、私も夫が転倒ばかりしていた時、脳内の変化を恐れたものであった。

転んでそうなるなら仕方がないが、みすみす悪くなるということを、何の必要もなく、するのである。家族は後の悪い結果を恐れて眠れなくなり、避難所だったら周囲の人は、その不気味な音で眠りを妨げられるだろう。しかし怒ったって聞かないのが認知症である。最近の行政は誰もができるだけ心地よく暮らせる生活環境を、たとえ一時的にせよ、作るようにする、と口当たりのいいことを言う。その心意気はいいが、そんなことは誰にもできないことなのだ。それより、被災者にもっと質実に、苦難に耐えるのが人生だ、という常日頃の教育をすることの方が大切だ、と私は思う。

生きていられれば満足。雨風に当たらなくて済むシェルターがあったら有り難い。何にせよ食べるものがあったら恵まれている。布団や毛布を国が無料で配ってくれる。そんな国はそうそうあるもんじゃない。今ヨーロッパに溢れている難民は、アフリカや近東の祖国にいたら命が危険なほどの事態に日々見舞われるのだから、それから比べたら、国が自分を守ってくれるというのは、実に幸せなことだ。こう客観的に思える教育をしたらどうなのだろう。

＊

振り返れば、〝生き死に〟と向き合い続けてきた。その中で「人は必ず死ぬ」ことも、「人生は予定どおりにはいかない」ことも学んだ。

お金の問題も病気も介護も、ままならずにやってくるものだ。そして人間は必ず死ぬものだし、それがいつかは誰にもわからない。もしかしたら次の瞬間かもしれない。それが人生だからしかたがない。ならば、どうすることもできないことは受け入れ、「それまでは病気にならないよう健康に気をつける」など、できそうなことをやったほうがいい。それが哲学というものであり、生きるということであろう。それが、たとえぶざまであっても失敗に終わっても、人間は自分のできることを一生懸命にやったら許される、と私は思っている。

❖成功と不成功は主観的なもの

エゴイストな人間の一典型として、私もまた、主観的な実感だけが大切なのである。つまり、他人がどう思うかより、自分にとってこれはどうなのか、が常に問題である。それで、道楽をすすめもしたのだが、道楽は所詮、自分から見て道楽なのであって、世間一般は、もっと確実に、成功、不成功といった決め方で物事を見ることが多いようだから、現実に立ちかえって成功する秘訣のようなものがあるかどうか考えてみても悪くないと思う。

しかし、まず先に述べておかなければならないのは、（人生の）成功、不成功という考え方は、まことにいい加減だということである。最も単純な例は、経済的に苦労していないのなら、文句を言っちゃバチがあたる、という考え方があることである。

お金も地位もありながら、夫との間にただの一度も楽しい日を経験せずに生きてきた或る夫人を私は知っている。また、一見夫が望む「地位」を手に入れた時から、その家には、のんびりした家庭の団欒《だんらん》もなくなり、あるのはただ、母子家庭のような時間か、何か下心あって来る人との応対か、どちらかになったという家もある。成功と思われる状態が案外不成功であり、不成功によって成功した例も少なくはないのである。

❖愛は、ただ待つ

或る年、私の家では今までにないほどの蜜柑をたくさん収穫した。多分三百キロ以上は採ったのである。この蜜柑の木は、二十年ほど前に私が眼の病気をしたのをきっかけに植えたものである。私は字が読めなくなり、手術の予後も百パーセント希望を持てるという状態ではなかった。私は二十三歳の時、小説を書き出して以来、初めて一度に六本の連載をすべて中断しなければならなくなった。

講演と聖書の講義を受けることは続けていたが、それ以外のことは何もすることがなかった。聖書も自分では読めないので、講義をしてくださる神父さまが、私のためにその日の箇所を読み上げてくださるようになっていた。

そんな時、私は自分の心に救いを求めるように庭仕事をした。草取りはできないから、雑仕事を手伝った。手さぐりでトマトの幹を支柱に結びつけたり、ごみを捨てに行く、というようなことであった。蜜柑の木もその時に植えた。

柑橘類は本当はもっと早く成るはずだが、私には理由はわからない。ただ本に書いてあるのよりはるかに遅れて、蜜柑の木は生長し、たくさんの実をつけるようになった。初めは手さぐりで牛糞や骨粉を入れたが、大して実は成らなかったのだ。そのうちに当時の農協で売っていた「蜜柑の肥料」というものをどかっと入れたら、急に実をつけるようになった。

幸い私は気が長かった。小説家に共通した特徴は、気が長いことである。それに私の感覚では一年二年はあっという間に経った。私の眼の手術がうまく行って、再び仕事に復帰できるようになったから、時間は健康に推移するように感じられたのだろう。

成りが遅いと感じられた木も突然変わって来る。今年は売りものになりそうな大きな粒の蜜柑の味が急に濃くなった。去年はいまいち味が薄かったのである。

新約聖書の「コリントの信徒への手紙（一）」の中で、パウロは、愛というものは（たとえ善意であっても）相手を変えさせようとすることではなく、辛抱強く相手をそのままの姿でただ庇《かば》い続けることだ、と書いている。改心、或いは、改変させようとするのは愛の行為ではない、というのである。

辛抱強く見守ることが、すべての事を成功させる秘訣らしい。もちろん「蜜柑の肥料」もやらなかったら実の数も増えず、味もよくならないだろう。しかし最大の要素は待つことだったという気もする。

ことに子供の教育は、待つことだ、と思う。そう思っても親はつい短気を起こして、叱ったり、もうこの子はだめだ、と諦めたりしそうになる。しかしとにかく私の体験では、蜜柑が成るまでにだって、長い長い年月がかかったのだ。

*

私たち夫婦の場合、二人とも趣味が違っていた。

私は五十代から、植物を育てることに夢中になった。しかし夫は全くそのようなことに興味を持っていない。夫は完全な都会派で、目下のところは、

「いつか孫のための世界史を書く」

などと言っている。

しかし老年というものは、いつか肉体がだめになることだ。眼が見えなくなり、耳が遠くなり、体の部分がきかなくなる。頭の働きも悪くなる。それが自然だ。眼のいい人は、老眼が三十代の終わりから始まったりしている。

それらのことが当然起こることを予測して、計画を立てるのがいいのである。いつまでも眼が見えると思うから、世界史を書きたい、などと言うのだし、いつまでも体がきくと思うから老後も畠《はたけ》をやる、などと口にするのである。

*

世の中がいつのまに大きく変わった、と思うことがある。

その一つはボランティア活動が普遍的になったことである。常にむずかしさがないわけではないが、ボランティアの研究会などに行くと、驚くほどたくさんの人が集まっている。一昔前なら、知人にこっそり親身な世話をする人はいても、見ず知らずの人に組織を作って尽くすなどということはしなかった。

この変化は実に自然でいい。多くの人が一度やってみると、人に喜ばれることは楽しいものだ、と気づくのである。

もう一つの大きな変化は、癌などのむずかしい病気を当人に告知するのが、ごく普通になったことである。昔は当人にはひた隠しにするのが普通だった。看病する家族は心にもない嘘をつき続けるのに、ひどく苦労したものである。

しかし今では、病人を囲んでその人のいなくなった後のことも相談し、残された日々をできる限り自由にさせている病院やホスピスが、私の知る限りいくつかある。

❖人間は平等になんかなれない。目指すだけ

「人間は平等」というのは、「人間は平等であるように目指す」ということであって、「人間は平等になれる」という保証ではない。できるだけ皆が同じように、清潔な家に住み、暑さ寒さも防げ、最低限誰もがまともな食事を摂れることは偉大なことだ、と私は知っていた。当時私の髪には虱《しらみ》がたかり、お風呂もどろどろの銭湯に入れる機会も少なかったし、何よりサツマイモの葉っぱまで食べるほど食糧事情は逼迫《ひっぱく》していた。焼け出された人たちも、国家が仮設住宅を建ててくれるなどと考えたこともない。被災者はその辺で拾って来た廃材で小屋を建てて住んでいた。

だからこそ人間は、できるだけ平等に、平凡な生活を保証された方がいいと私は熱望する。しかしあの空襲の夜、人間は一メートル離れた所に立っていただけで、何の理由もなく、一人は即死し、一人は無傷で生きたのだ。そういう強烈な矛盾が、いつの日かなくなるとは、とても信じられない。

だからこそ、私は今朝まで生きていたという幸運を手放しで喜んだのであった。死んだ人のことを考えるだけで、たとえ自分が生きても精神的後遺症が長く残って、その人の残りの人生まで冒す、というようなことは全くなかった。

❖草木と共生していれば、死は納得しやすい

友人がオーストラリアの西海岸にあるパースという町に家を持っているので、遊びに連れていってくれる、と言う。その気になったのは、東京の私の家の二階の居室が、一階の屋根の照り返しで焦熱地獄《しょうねつじごく》だから逃げ出したくなったのである。

南半球は今、早春だから、着いた日の温度は十九度。抜けるような青空には雲一つない。乾いた冷たい空気の中では、袖なしでおへそを出している若い娘もいれば、厚いカーディガンを着た老女もいる。靴が買えないのでもないだろうに、ガソリンスタンドに車を停めた若い男は堂々たる裸足で、多分それが彼の健康法なのだろう。

友人のマンションはスワン川と呼ばれる川が大きく曲がる絶景の地にある。川の向こ

うには四百ヘクタールもあるというキングズ・パークが拡がっている。私が歩いた限りだが、一部は原生林、一部はプロテア、バンクシア、カンガルーポウなどのさまざまな種類の木が集められた植物園になっている。

プロテアは強健な茎に、大きなものでは直径三十センチに近い花を咲かせる。バンクシアは松ぼっくりみたいな花をつけ、カンガルーポウは、私の育てた花は茶黄色だったが、ここのは鮮やかな赤と緑である。私は日本でこの三種類共育てているので、こんなに涼しくて乾いた砂地に適したものを、べたべたと暑く、梅雨時には雨の降り続くしっとりした黒土の日本に植えたことがかわいそうになった。日本のＯＤＡ（政府開発援助）やＮＧＯ（非政府組織）が、相手国の実情も知らず、自分がいいと思うことを相手に押しつけることは、愚かというより残酷なことなのだと思い知らされるような光景である。

植物園の道には、大きなユーカリの並木が風に梢を揺らし、レースのような葉越しに木漏れ陽をさざ波みたいに散らしていた。その一本一本の木は、戦死者の記念のために植えられたものであった。戦傷のため、戦病死などと死因を書き、母によって植えられたものだ、と記されたものもある。

靖国に祀られることを信じて国に命を捧げた人。死後一本の大木になってその下を通る人々に木陰と涼風を贈り続けたいと願う人。さまざまな思いが人間にはあって当然だろう。それをどちらかに決めようとするから無理が出る。ましてや他国が、長い文化や国民性の上に成り立つ死者の弔い方に口を出すなど、ヤボと横暴の極というものだ。総理は靖国にも参り、死者の記念の森も散策されたらいいのである。

パースから港町フリーマントルへ行く途中には、海に面した国の上の、陽も風も風景もすばらしい一等地に、広大な墓地があって、アイルランド系の移住者たちがいたことを示す十字架がたくさん見えた。

不思議なことだが、人間の暮らしの至るところで、脅威にはならない程度のおおらかな自然があって、春には芽吹き花が咲き、秋には落葉が舞うのを見たい。そうした大地の営みに充分にまみれて暮らさないと、人は「死んでも死に切れない」ような気がする。死は誰にとっても不条理なできごとだが、それでも草木と共生していれば、死は納得しやすいのである。

第七章

受け身ではなく、能動的に生きた

❖相手を許そうとする苦しみ

人間関係は永遠の苦しみであり、最初にして最後の喜びである。どんなにうまく関係を作ろうとしても、私たちは必ずまちがいを犯す。それは個体として私たちは別個であり、考え方も違うからである。だから失敗を恐れることもない。

もし人間関係に必要な配慮があるとすれば、それは相手に対する謙虚さと、徐々に物事を変えていこうとする気の長さかも知れない。それと私が好きなのは優しさである。私は自分自身が優しくないので、優しさに会うと自分がはずかしくなる。

*

或る時、私は一人の陽気なスペイン人に会った。彼はカトリックであったが、この世に暗いことなどないような顔をしていた。しかしその人を私に紹介してくれた人があとで教えてくれた。

「あの方のお父さまは、スペイン市民戦争の時に殺されて、後、お母さまが十人のお子さんを育てていらっしゃったんですって。だけど、そのお母さまという方が偉い方で、『決してお父さまを殺した人たちを怨んではいけません。あなたたちはその人を許すことを一生の仕事になさい』とおっしゃったんですって」

私は小さな衝撃を受けていたが、それでも尋ねた。

「殺されたって、どっち側に？　フランコ側？　それとも人民戦線側？」

「さあ、それは伺わなかったけど」

恐らく、その時、十人の子供を残されて夫を失った未亡人の心にも、聞こえていたのは、マタイオスの、あの有名な個所に違いないのである。

「そのとき、ペトロスがイエズスのところに来て尋ねた。『主よ、兄弟がわたしに対して罪を犯したなら、何度までゆるすべきでしょうか。七度までですか』。イエズスは答えた。『いや、七度どころか七の七十倍までゆるしなさい』」（18・21〜22）

愛する者を殺された憎しみくらい強いものはない。交通事故で子供を轢き殺された母親は、たとえそれが、どんなに相手の悪意ではないことがわかっていても許すことはできないのが、普通である。ましてや相手が、酒を飲んでいたとか、信号を無視していたとか、ブレーキの調整をしていなかったとか、いうことになると、どうしても許すことができない。轢いた側にすれば、どれだけ深々と頭をさげ、どんなに誠意を見せても、どうしても許して貰えない現実を当然と思いながら、絶望的な気持になるのである。

「許すことを一生の仕事にするように」と言った未亡人は、恐らくその言葉を真先に自分に命じたに違いないのである。子供たちよりも、それは未亡人にとってむずかしいことであったろう。

或る人が、心の中で、自分の愛するものの生命を奪った相手を許したとて、それは、私が茶碗一個焼き上げるほどにも目に見えはしない。しかもそれは一生かかる、苦しい道である。しかも許したからと言って、それは赤十字社から表彰されるというものでもない。しかし、それは実に、知られざる勇者の道だと私は思う。いかなる一生の目的よりも、苦しく、地味で、しかも愛の香気に満ちた、崇高な事業だと思う。いや、こういうことこそが、実は人間の本当の生きる目的になり得るのである。

軽薄な言い方をすれば、現代は「許しの時代」ではなく、「怨みの時代」である。怨みは社会正義と関係があると言われているからである。つまり、社会で悪がなされた時、それを是正するには、許してはいけないのであって、許さずにいる怨みや憎しみの感情こそが、正義の道に到着する方途であるという考え方である。

❖許すことのできない自分

先日、或る雑誌で、「原爆も神の摂理でしょうか」という、愛する方を原爆で亡くされた方の質問を拝見した時には、胸が苦しくなった。私はこの世のいかなる不合理も総て大局から見た神の意図であるとは思うが、ご遺族のことを思うと、そうは言えなくなって来る。

そこで問題になるのは、原爆を落とした人、又は組織を許せば原爆を認めることになり、許さないことが原爆を禁止することになるか、という点である。私は昭和二十年の夏の原爆を投下した人を許すか許さないかを、核兵器を認めるか認めないかとは、全く別のことだと考えることができるような気がしている。あの事件を許そうと許すまいと、原爆は、人間の愚かさの、人を人とも思わぬ思い上がりの表現であった。核兵器の禁止は、人間が生きぬくための、あまりにも当然の道である。

この書の題は、『私を変えた聖書の言葉』であった。しかし私はここで、『私を変えなかった聖書の言葉』としなければ正確にならない、という思いも深くする。私は、まだ幼かった私を苦しめた一人の人を、最後まで許せなかったことを書かねばならない。

父が最後にたおれたのは、もう八十歳を過ぎてからだった。父の後妻さんから父が入院したことを知らされて来た時には、意識もすでにとぎれがちで、もちろん、父は、私をかつてのように、いじめる何の力も持ち合わせていなかった。私は父を見舞う前に、三日ばかり自分の醜い心と闘った。私はできれば父と、もうこの世で二度と顔を合わせたくなかった。

しかし私は、やっと或る日決心して出かけた。しあわせなことに、病人は眠っていた。私は父の夫人に、私にできることは何かありませんか、と尋ねた。それから暫くして、彼女が、用事でちょっと部屋を空けた間、私は病室に残っていた。私はまだ眠っている人と二人きりになることが怖くてたまらなかった。その前日あたりから、意識が殆んどはっきりしないのです、と言われていたのだが、それでも私は父が目を開けて、私に口をきくことを恐れていた。私はお化けも、強盗も、見知らぬ国も、あまり怖くはないが、この世で父だけは恐れていた。ということは、父が過去に私に与えた記憶を私は許していないからであった。私自身、このように許すことのできない人間なのである。その私が、どうして原爆で愛する人々を失った方に、その原因となった人をお許しなさい、などと言えよう。もしかするとその方も、今、長崎へ原爆を落としたB29の当時の機長や、原爆投下を決めたアメリカの参謀本部の担当者、などに会うことになったら、やはり理由のない恐怖にとりつかれるかも知れない。それはその方が、相手を許していない証拠なのである。そして憎しみは自家中毒のようにその人の体の中をかけめぐる。

　自分ができないことを、どうして他人に要求できよう。しかし、自分に危害を与えた相手を許すことが、輝きであるという真実とは別である。許しが偉大であるとすれば、それはそれほどにできにくいことであるからであり、そして許した時にだけ、その人は本当に愛を自分の物とするからだと思う。公害や、原爆に抗議することと、許しとは少しも矛盾していない。怒りをかき立てることが、社会正義であることなどは少しもないのである。

公害や核兵器の危険から社会を守るためには、かき立てられた怒りなどではなく、静かな理性こそ大切なのである。

もし私の他にも、許せないという人がいたら……私はその人々のためにも、書くべきかも知れない。

許せない場合には、私たちは最低限、自分が許せなかったのだ、という悲しさと醜さを自覚し続けるべきだと思う。それで許される訳ではないが……これが最低の責任である。それから、心では許していなくとも、できるだけ、許しているのと同じ行為をすべきである。

「そういうことは嘘をつくことになりませんか」と私に質問した人がいた。私はそれこそが理性の愛、アガペーだと思う、と言った。私のように理性の愛さえ持ちにくい人間は、せめてそのあたりを最低の目標にすべきだと思うのである。

❖私怨と報復

「私怨」という言葉は本来どうもあまり聞こえがよくない。それはどろどろした、人間の心理のヘドロのようなものであるからだ。私怨を晴らすために「あいつを見返してやろうと思って、今日まで、馬車馬のようにやって来ました」などと聞くと、私でも背中がぞっとして、何も見返さなくてもいいのに、のんきにポチポチやって行ったって同じ一生じゃないか、と思う時も多い。

その半面「私怨」など持つのはいけない、他人からなされた悪はすべて許しましょう、というのもきれいごとで現実感がない。なぜなら、人間はマンジュウ一個、自分の分をあいつに食べられてしまった、ということさえ、十分や二十分、いや小説書きなどという女々しい職業人になると、十年や二十年、ひょっとすると一生覚えていてそれを小説に書いたりするものだから、人間関係の原型は、そのようなまことに些細《ささい》な「私怨」から発生するのだ、ということを承認せざるを得ないのである。

頭が悪い、不器量に生まれついた、背が低い、肉体的に欠陥がある、いい大学に入れなかった、親が知的でない、兄弟に性格破綻者がいる、家が貧しい……青春時代から、私たちにつきまとうのはこの手の「私怨」である。どこへもお尻を持って行きようのないことばかりだ。一人の娘にとって鼻が低いことは時には自殺の原因になるほどの深刻な問題なのだが、娘たちはクレオパトラではないので、誰もが鼻の一センチや二センチ低いことに何の同情も持ってくれない。たとえ、この世がどのような社会構造になっても、誰にも、どうにも解決できない悲しみというものはどうしても残る。声をあげて泣き、このような不法な運命をなぜ自分が受けとめなければならないか、とこの世を告発したい思いになることが、どうしても解決されないままにしぶとく残ること、それが、現世というものだと私は思い込んで来た。

誰もがその絶望的な状況から、さてどうしたものか、と考えるほかはない。鼻の低い娘はどうしたらいいか。終戦後は、今と違ってまだ、整形美容などというものはなかった。鼻の低い娘は、鼻の低いことに美しさを見つけてくれる人と結婚した。それは外国人で、本当の話である。鼻の高いことが美の条件でも何でもない人間が、何億と地球上において、彼女の夫は、優しいつつましい鼻を持った娘に、新鮮な異国的な魅力を見つけて結婚したのである。

＊

一般に、人間は身近な人に対して狭量である。遠い人には比較的寛大である。それは、或る人間に対して、身近な者しか（犯罪を除けば）それほどの被害を与えられないからである。

旧約時代の律法に於ける正義は、正当な報復であった。それは受けただけ返すこと、人間の運命の貸借関係のつじつまを合わすことであった。しかし、イエズスの教えは、そのようなこざかしい計算を越えた。正当な報復は再び正当な報復を生む。なぜなら「正当な」と思うものが、立場と個人によって違うからである。しかしイエズスの教えはまちがいようがない。一人が報復を断てば、そこに平安が生まれる、という単純明快な論理である。

❖長く生きてこそ、思索的人間としての完成を見る

日本の高齢者は、今かつてなかった新しい生き方を模索する時代の先端に立っている。現実に長寿などとても望めなかったり、貧困や戦乱に苦しむ国では、長寿に対するあり方を模索する余裕などどこにもないからである。

そもそも長寿だけでなく、人は誰でもその年頃相応の問題を抱えているものだ。青春にも青春の大きな問題がある。

青春は少しも幸福なものでなく、ただ不安で苦しいものだった、という人さえ私の周囲にはたくさんいる。

だから高齢者もその例外ではない。しかし長い人間の生き方総決算、総集編の答えを引き出すのは、高齢なのである。多分長く生きてこそ、私たちは思索的人間としての完成を見るからだろう。

❖姑と嫁の憎しみも、息子が生きていればこそ

何人かで旅をしてよく気がつくのは、疲れて来ると、相手のすることがことごとく気にさわる、という状態が現れることである。それは主に相手が、あれもしない、これもしない、という不満の形になって現れる。自分がひとに何をできるか、ということは少しも考えられなくなり、相手が自分に何もしてくれない、ということばかり気にするようになる。

姑と嫁の関係も、この長い旅の道づれのようなものになっていると思う。不思議な経緯で、義理の親子という関係ができた時から、その長い旅は始まるのであるが、その瞬間から、このような心理に陥る危険性が現れる。

私の知人のある姑は、その息子がまだ結婚しないうちから、息子と口論などした時に、「本当の息子でさえ、こんなに憎いんだから、息子の嫁はどんなに憎らしいだろうね」と言ったという話が伝わっているが、私はこの姑さんが大好きである。

姑と嫁が、実の母親のようになっている例もないではないけれど、実際にそうでもないものを、そういうふりをするのは、不自然ではないだろうか。嫁にとって姑は本質的にけむったい存在だし、姑にとって嫁とは、常に何ともいい気なものである。そこから出発する方が、過大期待を抱かないで済む。

旅の同行者としてのやり切れない宿命を少しでも薄めるには、別居するに越したことはないのだが、こればかりは一つ一つの家庭に個人差があって何とも言えない。

いつか私は、新聞で一人の老母の記事を読んだことがあった。それは、たった一人の息子が南方の島で玉砕して以来、四畳半一間に一人っきりで、訪ねてくれる人もなく生活保護を受けて生きている老女のことであった。その南の島へ遺骨を集めに行った人たちが、壕内から、名前の書いてある一個の水筒を拾ってきた。それが老女の息子の遺品であった。その水筒は、二十数年も一人で生きていなければならなかった老母に届けられた。新聞記者が感想を聞いた。老女は、「遺品が届けられてこんな嬉しいことはありません」と答えていた。

この言葉ほど嘘っぱちなものはない。私は決して老母が嘘をついている、というのでもなければ新聞記者が美談をでっち上げたというのでもない。おばあさんは、ふだん見なれない新聞記者などがやってきてやつぎばやに質問を浴びせかけ、フラッシュをたいて、ぱちぱち写真などとるものだから本当にどぎまぎしてしまったのだ。そして水筒を持ってきてくれた人々に対して、彼女なりの感謝の意を表そうとして、そのような意味の言葉を言ったに違いないのである。そして新聞記者は、その言葉の中につつましい老母の感謝の気持をくみとって、そのまま報道したのだと思われる。

事実、私がその老母なら、私はやはりその水筒を抱いて寝るだろう。その水筒が息子の肌にふれていたと思うだけで、そのようにするほかはない平凡な母親に還るのである。しかし、その老母が望んでいたのは、決して水筒が帰ってくることではなかったはずである。彼女の言葉が嘘だ、と言ったのはそのことなのである。

彼女が望んでいたのは、息子が生きて帰ることであった。生きて帰ってきて、平凡な暮らしをし、結婚をし、彼女にとっての孫を産むことであった。

水筒だけが帰ることと比べたら、彼女は、どれほど嫁とケンカしたかったろう。嫁と姑の争いは地獄の思いだという人もいるけれど、一人で二十数年をただ生き続けることに比べたら、嫁との争いなど、どんなに願わしく思えたか知れない。

姑と嫁の立場はたとえその間にどんなにひどい憎しみが介在していようとも、そのままの状態を生き抜く以外に道はない。その方がその憎しみのない状態、（姑にとっては息子を失うとか嫁にとっては夫を死なせるとか）と比べてみて、多くの場合、姑にとっても嫁にとっても幸福なはずである。

❖死ぬまでに果たしたい目標を持った人間への羨望

豊かな生活とはまったく無関係な生き方だが、私は何度も一生完全な沈黙の中に生きる修道士の生活に触れたことがある。最も私の心を打ったのは、ミラノの郊外にある、今は使われていないチェルトーサという修道院であった。その人たちは一種の塀で繋がったような長屋風の区画に一人で住み、昼間も一人で作業をする。俗世にあった時に靴屋だった人は靴を作り、仕立屋だった男は修道服を縫う。その傍《かたわ》ら、自分に与えられたほんの三十平米くらいの畑に野菜を作って、自分が食べる物をそこで賄《まかな》う。部屋は作業場が一つと寝室が一つ、それだけで、塀の隣に同じような修道士がいるのだが、まったく口を利かない。週に一度、大食堂（レフェエクトリー）に集まって会食をするのだが、その時も沈黙のうちに食べるだけである。そうした生活を自ら選んだ人がいて、そのような暮らしに私は自分が参加できると誤解したことは一度もないのだが、それでも深く惹《ひ》かれたのである。それは、一生を通して死ぬまでに果たしたい目標を持った人間に対する、私の強い羨望の感情からであった。

❖人間は、ただ、深く人を傷つけるようなことだけしなければいい

一人前の人間なら、愛する家族がどこへ行くかも告げずに家出をして姿を晦《くら》ましたら、残された家族の苦しみはどんなに大きいか、それが分からないというのは異常である。私は何人もそういう立場に立たされた親たちの苦悩の姿を見ている。子供に家出をしてしまわれたら、一日一日がいてもたってもいられないほどの不安なのだ。電話が鳴る度に、玄関のベルが押される度に、行方不明になっている息子や娘が帰って来たのではな

いかと思う。戸締まりをして買い物に出ようとしても、もしもその間にあの子が帰って来て、玄関が閉まっていて誰も出てこないので、そのまま再び都会の闇に消えてしまうようなことがあったらいけないからと言って、一時も家を空けることはできない、と思い詰める人さえいる。幼い子供でもないのに、そういう苦しみを家族に与えているということがわからない幼稚な青年を作ったのは、学校と家庭教育の双方の責任である。

人間は大していいことなどしなくていいのだ。ただ、深く人を傷つけるようなことだけしなければいいのだ、となぜ教師も親も教えないのだろう。

❖人は離れていさえすれば、大抵のことから深く傷つけられることはない

離れていさえすれば、私たちは大抵のことから深く傷つけられることはない。これは手品師の手品みたいに素晴らしい解決策だ。そしてまた私たちには、いや、少なくとも私には、遠ざかって離れていれば、年月と共に、その人のことはよく思われてくるという錯覚の増殖がある。不思議なことだ。離れて没交渉でいるのに、どんどんその人に対

する憎悪が増えてくる、ということだけはまだ体験したことがない。

❖どの使命も、それぞれ運命に命じられた大切な事業である

日本人は、個々の道徳性や哲学の上に生きるのではなく、世間の「評判を評価して」生きる面が強いようにも思われる。誰しも自分の仕事を高く評価してほしい、という気分はあるのだが、人間には死ぬまでに、誰に知られなかろうが、自分が本来果たすべきだった任務を果たして死ぬという大きな使命がある筈《はず》だ。

私は時々、アフリカの僻地《へきち》に住む日本人の修道女に会う。温かいお風呂の設備もなく、缶詰の空き缶の底に錐《きり》で穴を開けただけのシャワーヘッドから泥水が出ればいい、という生活をしている。

彼女たちの多くはもう若くない。八十歳に近くなったらもう日本で安楽にリタイヤしてもいいんじゃないの、と言われながら「日本では毎日、人の命を助けられるような出来事なんかないでしょう」と言ってアフリカに帰っていく。

「どうしてアフリカなんかに行ったの？」

と立ち入った質問をする人がいると、

「だって『行きなさい』って言われたんですもの」

という答えが返ってくる。

「誰にどこで（言われたの）？」

と聞くと笑って答えないところを見ると、そう命じたのは神なのである。そうした生涯をかける神の命令は、しかしどこか街角を歩いていた時に聞こえてきた、というふうに答えた人もいた。

当然なことながら、私にはそんな神の声が聞こえたことがないけれど、しかし私にも、いつも私がやるべきだと思われることがあった。

どんなに小さくとも、それは私がやる方が自然なような気がしたから、私はそれをやってきた。

そのような生活がもう八十五年以上にもなった。昭和も見送った。平成の終わりも眺められるかもしれない。日本は、こんな平凡で偉大な幸福を、私という一人の人間に与えてくれた。

＊

人は皆、その置かれた場所によって、違う意味を見つけ、異なった任務を背負う。私たち作家は優柔不断に迷うだけ迷ったらいいのだが、パイロットのような瞬間の決断と行動が大切な職業の人には、複雑にものを考えるという行為自体が命取りである。

人が別々の使命を負うということはすばらしい。

言うまでもないが、どの使命を担うことも、必ず「運命に命じられた」大切な事業なのである。

❖「迷惑」をかける子は、人としては母を救う

時々私は考えるのである。もし今、私が盗みを働いて未決にいるとしたらどうなるだろう。脚の悪い母は、恐らく毎日、杖をついて、私にさし入れに通ってくれるだろう。

彼女はその時、身の不幸を歎くことはあっても、明確な生きる目的を持つのである。しかし今、私の母にはしなければならぬというものは何もない。

私は今完全に母の方を庇護する立場に立ってしまっていた。その安心が母の気持をゆがめ、老化させている。「迷惑」をかける子供は、子供としては失格かも知れないが、人間として母を救うのである。

❖嬉しいことに老年期は人に期待されないだけ自由

たとえ偶然しか期待できなくても、人間には目標があるのが自然なのだ。「今日一日」、或いは「死ぬまでに」何もすることがなくなったら、人はたとえようもない虚しさを感じることになる。

人間は死に近づくにつれて、普通なら数年、数十年の老いの年月を体験する。もちろん、こうしたノーマルな年月を体験できない生涯もある。幼いうち、或いは若い年で死ぬ子供たちや若者たちだ。一部の人は、彼らが老年を知らずに死ねるのは幸せだというが、私はそうは思わない。老残《ろうざん》を体験するのもまた、人間に贈られた一つの貴重な体験だ。

老残という言葉には、老いと、聴覚や視覚を失うことの双方が含まれているようだ。

今さら英語の単語の一つや二つ覚えたってどうということはないが、私は英字新聞を毎日一紙だけは読むことにしているから、そのうちには役に立つかもしれない。人は皆、夢を見て生きるのである。

考えてみれば、老年という時期は、他人に期待されていないだけ、自由に生きられるという特技を持っている。

「八十代なのに働きすぎなのよ」と私は或る日言われたことがある。働くばかりではない。私はできるだけ遊ぼうとしてもいるのに、人は他人のことはわからないものだ。

「ちょっと教えてよ。八十代のおばあさんって、普通世間では何してるの？」

私は同級生の暮らししか知らない。彼女たちは、体の不具合をかかえながら、けっこう行動的に暮らしている。

「そうねえ」

私の質問に、相手はちょっととまどったようであった。日本人の……平均的な……都会の……いや農村の人を含めて、普通のおばあさんは一体何をしているのか。

「大体一日中、炬燵《こたつ》に入って、お茶飲んだりお菓子食べたりしながら、テレビ見てるんじゃない？」

もし、そうとすれば、彼らはまちがいなく閑人という特権階級の一員になっているのである。それなのに、己の境遇に感謝するどころか、不平不満を託《かこ》っている人さえいる。

＊

私の周辺を見ていても、金や物が無限に欲しい人と、ある程度できっぱりと要らなくなってしまう人がいる。

自分はそのどちらの流れに乗って生きているのかを見極める必要があるだろう。私は八十歳になる直前から物質的なものを重いと感じるようになった。お金は大好きだし要るだけは欲しいのだが、それ以上あると、札束さえも重くて嫌になる。

❖百年後はすべて同じ

「百年後にはすべて同じである」ということわざもあった。

百年後には、今生きている人たちはほとんどいない。それは悲しみではなく、一つの解放感であることを、今、私はしみじみ感じている。

❖愛されるよりも愛し、理解されるよりも理解する

アッシジの聖フランシスコの祈りは、「平和の祈り」として有名である。それは次のように祈っている。

「私をあなたの平和の道具としてお使いください。憎しみのあるところに愛を、いさかいのあるところに許しを、分裂のあるところに一致を、疑惑のあるところに信仰を、誤っているところに真理を、絶望のあるところに希望を、闇に光を、悲しみのあるところ

に喜びを、もたらすものとしてください。慰められるよりも慰めることを、理解されるよりも理解することを、愛されるよりも愛することを、私が求めますように。なぜなら私が受けるのは与えることにおいてであり、許されるのは許すことにおいてであり、我々が永遠の命に生まれるのは死においてであるからです」

どれほどの憎しみでも許し、自分に必要なものでも与え、時には他者のために命を捧げる。どれも凡人には不可能に近い徳だ。しかし聖フランシスコはそれらを愛と平和の条件として私たちの前に突きつけた。

＊

死を目前にした老年は、白髪の美しい、静かに日々学び続けている凛とした閑人になるべきなのだ。

＊

夫の死後、「生活はいかがですか?」とよく聞かれるのだが、私自身はあまり変わらず、ごく普通に過ごしている。そうあろうと心がけてもいた。そのほうが、夫も安心するだろうと思うからだ。

昼間は、これまでと変わらず、長年勤めている三人の秘書が交代で来てくれている。台所のことを担当しているブラジル人のお手伝いのイウカさんも、二十年近くうちにいてくれて、みんな家族みたいなものである。最近、イウカさんの唯一の身内だった妹さんが亡くなった。私が死んだあとは妹さんと暮らせるだろうと思って安心していたのに、残念である。

いまは私と二人で、お菓子でもなんでも半分こにしている。

月のうち十日間くらいは、三浦半島の家で過ごし、畑でとうもろこしやジャガイモなどを育てているので、収穫して東京に持ち帰るのが楽しみのひとつとなっている。美味しい魚も買いやすい。

このような生活は、夫が生きているうちからずっと変わらずに続けてきた。私同様に夫に先立たれた妻のなかには、夫が残した財産で華やかに暮らしたいという人もいれば、先行きが不安だから生活を引き締めてお金を貯めたいという人もいるだろう。けれど、極端な変化を望むのは、それまで無理をしてきた証しではないだろうか。夫が生きているうちに、自分の納得できる生活のテンポを作り、なおかつ我を忘れて没頭できる、好きだと思える何かを持っていることも大切である。ボランティア活動でも、墨絵や刺繍などの趣味でも、なんでもいい。

❖すべての悲しみは自分で引き受けるしかない

私は常に死別ということを考えてきた。誰に対しても、別れること、壊れること、会えなくなることを考えている。

戦争を経験しているということもあるのだが、どんなに幸せな時も死や破局を考えているから、たいていのことは、夫の死であっても、「思ってもみないことだった」とは言わない。

絶望をしないですむのはそのせいかもしれない。

夫がいなくなった、その心理的空間は、技術としては埋めようがない。不在による寂しさは仕方がない。

仕方がないことをぐずぐず言うのは嫌である。

夫を亡くして落ち込んでいるという人は、徹底的に落ち込むのも自然の経過であろう。死別に限らず、すべての悲しみは自分で引き受けるしかないのだ。

❖見栄を捨てたら、解放され、自由に、しなやかになれる

勝ち気や見栄を捨てた時、人間は解放される。かつての私の首や肩のように、こちこちではなく、しなやかな感受性を持ち、自由になれる。その自由さの中で、人間は光り輝くように、その人らしく魅力的になり、かしこげになり、金はなくても精神の豊かさを感じさせるようになり、大人物に見えてくる。

自分の弱点をたんたんと他人に言えないうちは、その人は未だ熟していない人物なのである。

❖「生かし、支え、幸福にする」を生き切る

亡くなった母と私の主治医でもあったドクターに、私は何となく自分の最期もみとっていただけるような気がしていた。しかし考えてみると、ドクターは私よりお年上だったから、自然のことわりとしてそれは無理だったのだろう。

先日、ご自分の重篤な病を知りつつ、亡くなる数日前まで仕事をなさって眠るように亡くなられたという話を奥さまから伺った。私はまだお元気な頃のお顔だけを思い出していた。いつもにこにこと柔らかで、昼ご飯抜きで百人もの患者を外来でみられても、疲れたとか、急いでいるとかいう素振りを決して見せない方であった。

お葬式の時に記念にいただいてきたカードには「働きと祈りと愛とでその日を満たせ」という言葉が書いてある。十代の青年だったドクターに洗礼を授けたパリ外国宣教会の、ラリウ神父という方の座右銘だという。

本当にその通りに生きられた方だった。この三つの項目は、すべて明白な意志による

行為である。市民として要求することが権利だとか、人を非難することが正義だとするような現代の風潮とは無縁の、あくまで自分のすべきことをするという、尊厳に満ちた自己完結型の生き方である。奥さまのお話によると、海がお好きだったので、海の近くにお住まいを作られ、遺言で海に散骨された。私がよく週末を過ごしている相模湾の、夕陽の輝きの中にドクターは帰られたのである。

相模湾の夕景は、それ以来私の中で亡き方の視線となった。夕映えが波と空を毎日違った言葉で語りかけるように染める。

人間の一生は永遠の前の一瞬に過ぎないと知りつつ、その一瞬がこれほどに重く、濃密な意味を持つのか、と私は感動に震える。考えてみれば、よい人生というものは、簡単なものだ。「生かし、与え、幸福にする」それだけを守ればいいのである。

「殺し、奪い、不幸にする」ことの平気な為政者が世界のあちこちにいることを思えば、理解は簡単である。

ただ単純なことは、むしろなかなか簡単にはできないことが多い。

中絶という名の殺人もせず、平和を標榜《ひょうぼう》しながら武器を売る国家にもならず、個々の家庭が穏やかで呑気に助け合い庇《かば》い合って、もちろん暴力の気配などなく暮らす。この三つの点だけで検証しても、多くの国家と社会と個人が、これに該当しなくなるのである。

❖これだけ言って終わりたい

戦争を肯定するわけではないが、決して望まなかった戦争でも、人間は誰もが無残に死んだわけでもなかった。今この平和な時代を生きてみると、そのことがよくわかる。私たちの多くは、死を意識せず、死から学ぼうともせず、死ぬまでに愛を示すこともなく、死ぬまでの時間を有効に使おうとも考えず生きている。そして悔やみもせずに人生の持ち時間を終えるのである。

私はカトリックの学校に入れられたのだが、その私立学校の偉大さは、子供の頃から私たちに「死」を教えたことであった。

人間は死すべきものであった。人生は無限ではなく、有限である。人生は、明日突然、取り上げられるかもしれない有限の日々の連続である。それならば、今日、人は何をするかを自然に考えるようになるはずだ。

子供に死など考えさせたくない親もいるかもしれない。しかし死を考えない人間は、完全な生を考えたり、希《こいねが》ったりすることもないだろう。

生は、死と対の観念である。だから生を知るためには死を学ばねばならない。私たちが刻々死に近づいている意識を持てば、刻々の生の重さも手応えとしてわかるだろう。しかし死への意識がなければ、生の実感もない道理だ。私は幸いにも九十歳に近いこの年まで、重病をしなかった。病気にならないということは、自分にとってよかったというより、社会に対して非礼をはたらかなかったことにしてもらえるかもしれない。

しかしその割には、私は現実の生をうまく使い切ったとも思えない。私は終始疲れ、働くのも考えるのも嫌になり、蒲団に入って寝ることばかり考えていた。

自分の一生は一体何だったのかと思うことは永遠の知的作業だ。有意義な一生ではなかった、という自覚をもつだけでもいい。私は一生よく働いて来た。それだけ言って終わりだ。

出典著作一覧（順不同）

《書籍》

『人間の義務』新潮社
『悪の認識と死の教え』青萠堂
『老境の美徳』小学館
『完本戒老録』祥伝社
『人生の原則』河出書房新社
『人生の収穫』河出書房新社
『人びとの中の私』海竜社
『風通しのいい生き方』新潮社
『辛うじて「私」である日々』サンケイ出版
『言い残された言葉』光文社
『なぜ子供のままの大人が増えたのか』大和書房
『まず微笑』ＰＨＰ研究所
『続・誰のために愛するか』祥伝社
『仮の宿』ＰＨＰ研究所
『自分の財産』扶桑社
『あとは野となれ』朝日新聞社
『人間にとって成熟とは何か』幻冬舎
『この世に恋して』ワック
『昼寝するお化け』小学館
『夫婦の情景』新潮社
『透明な歳月の光』講談社
『自分の顔、相手の顔』講談社
『中年以後』光文社
『人間関係』新潮社
『私日記９　歩くことが生きること』海竜社

《雑誌》

『新潮45』「人間関係愚痴話」２０１６年3月号、6月号
『新潮45』「人間関係愚痴話」２０１８年8月号
『ゆうゆう』「素敵な女性に会いに行く」２０１８年11月号
『ゆうゆう』「すっきりシンプルに生きるということ」２０１９年7月号
『ゆうゆう』「素敵な女性に会いに行く」２０２０年10月号
『毎日が発見』「人生最大の準備」２０１６年9月号、10月号、11月号、12月号
『毎日が発見』「人生最大の準備」２０１７年1月号、2月号
『ＷｉＬＬ』「その時、輝いていた人々」２０１６年12月号
『ＷｉＬＬ』「その時、輝いていた人々」２０１８年10月号
『ＷｉＬＬ』「その時、輝いていた人々」２０１９年12月号
『婦人公論』「寂しさは埋まらなくても、友と猫と食事があれば」２０１８年9月11日号
『婦人公論』「暮らしごと・ひとりごと」２０１８年12月25日・２０１９年1月4日合併号
『別冊正論』「相も変わらず過ごしています」２０１８年9月号
『女性セブン』「『外出自粛』の声に従う必要はありません」２０２０年6月18日号
『週刊現代』「自宅で、夫を介護する」２０１６年12月3日号
『週刊新潮』２０２０年9月17日号

曽野綾子

その あやこ

1931年東京生まれ。作家。聖心女子大学文学部英文科卒業。『遠来の客たち』（筑摩書房）が芥川賞候補となり、文壇にデビューする。1979年ローマ教皇庁よりヴァチカン有功十字勲章を受章。2003年に文化功労者。1972年から2012年まで、海外邦人宣教者活動援助後援会代表。1995年から2005年まで、日本財団会長を務めた。『無名碑』（講談社）、『天上の青』（毎日新聞社）、『老いの才覚』（KKベストセラーズ）、『人生の収穫』『人生の終わり方も自分流』（河出書房新社）、『人間の愚かさについて』（新潮社）、『人間の分際』（幻冬舎）、『私の危険な本音』『我が夫のふまじめな生き方』『夫婦という同伴者』『人間の芯』（小社刊）など著書多数。

人生の苦しさについて

発行日――二〇二一年九月二十八日　第一刷発行

著　者――曽野綾子

編集人　発行人――阿蘇品 蔵
発行所――株式会社青志社
〒107-0052　東京都港区赤坂5-5-9　赤坂スバルビル6階
（編集・営業）
Tel：03-5574-8511　Fax：03-5574-8512
本文組版――株式会社キャップス
印刷・製本――中央精版印刷株式会社

ISBN 978-4-86590-121-4 C0095